k.

RALF GÜNTHER

# Eine Kiste voller Weihnachten

Illustriert von
Andrea Offermann

KINDLER

3. Auflage September 2020
Veröffentlicht im Rowohlt Verlag, Hamburg, November 2019
Copyright © 2019 by Rowohlt Verlag GmbH, Hamburg
Redaktion Johanna Schwering
Covergestaltung any.way, Barbara Hanke / Cordula Schmidt
Coverabbildung Andrea Offermann 2019
Typografie mit der Adobe Jenson Pro
bei Farnschläder & Mahlstedt, Hamburg
Druck und Bindung CPI books GmbH, Leck
ISBN 978 3 463 40697 8

Für Felix, Benjamin,
Karla, Linnea und Jonna

Wenn der letzte seiner Arbeiter gegangen und er allein in seinem Kontor war, hatte Vincent Storch die Angewohnheit, die Räume zu verdunkeln. Mit strengem Blick und einer in langen Jahren geübten Routine ging er durch die Säle und löschte alle Lampen, eine nach der anderen, Flamme für Flamme. Er begann in seinem, des Direktors, Bureau, ging dann hinüber in die Prokuratur, wo die Ärmelschoner, Tintenfässer und Schreibfedern akkurat in den Laden verstaut waren, anschließend in die Expedition, wo die Bestellungen bearbeitet und Pakete oder Kisten gepackt wurden. Falls er, was oft vorkam, den Etiketten-Leimtopf offen vorfand, bedeckte er ihn.

Dann überquerte er den Innenhof und schritt durch ein gewölbtes Tor in die Produktion. Zunächst betrat er die Werkstatt der Graveure, wo die Platten gestochen, geschliffen und poliert wurden. Dann ging er weiter in den Maschinenraum mit den großen, wie Lokomotiven stampfenden Dampfmotoren, die die Kraftübertragungsräder und Transmissionsriemen antrieben. Anschließend in die Fertigung, wo die eigentliche Handarbeit geschah: Säuberlich aufgereiht standen hier die Kisten mit Goldfolie neben der Schnittmaschine mit ihrer großen, geschwungenen und äußerst scharfen Klinge, und auf der anderen Seite die Stapel mit den fertig geschnittenen Papierbögen.

Seiner Routine folgend, ging er von hier aus weiter in die feuchtschwülen Trockenräume und schließlich, ein weiteres Mal den Hof überquerend, ins Lager. Sobald auch dort die letzte Lampe gelöscht war, seufzte er tief. Die vollkommene Stille, die ihn in diesem Moment umfing, empfand Vincent Storch als tröstlich.

Wenn er dann auf den schon nächtlichen Hof trat, wieherten die Kaltblüter, die Tag für Tag vor einen Pritschenwagen gespannt die Ware auslieferten, aus ihrem Stall heraus. Es war der letzte Gruß auf diesem Innenhof in der Dresdner Neustadt, den dann, wenn der Fabrikant Vincent Storch gegangen war, niemand mehr betrat – bis zum nächsten Morgen.

So war es jeden Tag, und so sollte es auch heute sein, am Heiligen Abend. Kein besonderer Tag für Vincent Storch, nur das Ende der Saison.

Anders war nur, dass heute, als Storch seine Abschiedsrunde machte, die Sonne von einem blauen Winterhimmel schien. Es war so hell, dass die vorderen Räumlichkeiten noch lichtdurchflutet waren. Doch je weiter der Direktor in die rückwärtigen Gefilde der Manufaktur kam, desto spärlicher drang das Tageslicht herein. In der Expedition brannten ein paar Lampen. Storch löschte sie, schloss die Augen und sog den rußigen Geruch ein. Die Arbeit des

Jahres war getan. Das Sirren und Summen der Geschäftigkeit, das spätestens seit dem Sommer in seiner Weihnachtsfabrikation einsetzte, gab jetzt der Stille Raum.

«Herr Storch?», erklang eine Stimme hinter ihm.

Langsam drehte er sich um. Vor ihm stand Heinrich, der alte Vorarbeiter, sein voller Bart so grau wie Storchs eigener. Heinrich, das wusste Storch, hatte Söhne, Töchter, Nichten und Enkel. Ein halbes Stadtviertel bewohnte seine Familie! Deshalb arbeitete er immer noch, grau und gebückt, wie er war, in einem Alter, wo andere sich längst zur Ruhe setzten und ihre Kinder arbeiten ließen. Heinrichs Söhne waren in Storchs Augen Taugenichtse. Er schimpfte bei jeder Gelegenheit über sie, während Heinrich selbst voller Liebe von ihnen sprach. Die Duldsamkeit seines Vorarbeiters machte Storch zu schaffen.

«Herr Storch?», sprach Heinrich ihn erneut an.

«Was gibt's noch, Heinrich? Geh nach Haus!»

Heinrich zögerte. «Und Sie?»

«Was ist mit mir?»

«Wo feiern Sie?»

«Was geht's dich an?»

Unschlüssig stand Heinrich im Hof. «Es tut nicht gut, am Heiligen Abend allein zu sein, Herr.»

Storch gab sich eine gleichgültige Miene. «So halte ich es seit Jahren. Das hat mir nicht geschadet.»

Heinrich nickte langsam. Doch sein Gesicht drückte das Gegenteil von Zustimmung aus. Offenbar wusste er nicht, wie er beginnen sollte. Dann überwand er sich und formulierte eine zurückhaltende Einladung: «Wenn Sie mögen, Herr Storch, können Sie gern mit uns …»

«Auf gar keinen Fall», schnitt Storch ihm das Wort ab. «Mach, dass du heimkommst!»

Wieder nickte Heinrich – mehr ein Ausdruck der Resignation als der Zustimmung. Nach langem Innehalten wandte er sich ab und ging hinaus.

Benommen taumelte Lisbeth auf die Straße. Eben noch hatte sie in den schützenden Armen ihrer Mutter gelegen, nun war sie ganz auf sich gestellt.

«Such ein Fuhrwerk, das ins Gebirge fährt. Kümmere dich um deinen Vater und deine Geschwister. Es ist nicht gut, dass sie allein sind am Heiligen Abend …» Indem ihr die beschwörenden Worte der Mutter im Geiste nachhallten, erinnerte sich Lisbeth an den Moment des Abschieds: die großen, vor Schmerz geweiteten Pupillen der Mutter, den Schweiß auf ihrer Stirn, die Ringe unter den Augen, die sie nach bald vierundzwanzig Stunden Entbindungskampf trug. Sie war ausgemergelt und entkräftet, doch zwischen zwei Wehen konnte sie ihrer ältesten Tochter noch eine Botschaft mitgeben: «Fahr heim und kümmere dich! Ich kümmere mich um dein Geschwisterchen! Dass es – nach so langem Zögern – gesund zur Welt kommt.»

Lisbeth umarmte sie, spürte den Schweiß, der an der Mutter hinabran und sie schrumpeln ließ wie Dörrobst. Alles an ihr war klein und verzagt, bis auf den Bauch, der sich wie ein Ballon über ihren Leib wölbte. Ein Mann in Weiß hatte Lisbeth von der metallenen Pritsche fortgezogen und ihr gut zugesprochen: Dass sie die Mutter getrost im Hospital zurücklassen könne, sie solle sich keine Sorgen machen, ein paar Tage nur, und sie werde gesund und mitsamt dem Geschwisterchen nach Hause zurückkehren. Dies alles sagte der Doktor, während Lisbeths Mutter schwer atmete und ihr schließlich, als der Arzt das Mädchen schon zur Tür geführt hatte, noch einmal zurief: «Lauf, Lisbeth, lauf zum Vater!»

Der Mann im weißen Kittel hatte sich mit seinen blauen, hinter dem Brillenglas blitzenden Augen noch einmal zu Lisbeth hintergebeugt und es ihr versprochen: dass es schon gut ausgehen werde mit der Mutter! Und dazu hatte er so nett geschaut, dass Lisbeth ihm einfach glauben musste.

Die alten Zugpferde streckten die Köpfe aus ihrer Box und wieherten, als Storch hinüber ins Lager ging, um das letzte Licht zu löschen. Es schimmerte bis auf den Hof hinaus, das Tor stand noch offen. Storchs Blick fiel auf die Spulen mit den Bändern zum Verschnüren der fertig gepackten Pakete, die Nägel und Hämmer zum Verschließen der Kisten.

Da entdeckte er eine einzelne Holzkiste, die sich deutlich unter einer löchrigen Stoffdecke abzeichnete.

Er schoss darauf zu, zog die Decke herunter und sah seine schlimmste Erwartung bestätigt: eine mit allem Notwendigen versehene Sendung, die noch nicht abgefertigt war! Und «noch nicht» hieß: in diesem Jahr nicht mehr. Also: nicht mehr vor Weihnachten. Und das wiederum bedeutete: zu spät!

Storch eilte zum Expeditionsbuch, das zugeschlagen auf dem Schreibpult lag. Jedes weihnachtliche Paket, jede Sendung, die das Haus verließ, wurde hier verzeichnet: Auftragsdatum, Besteller, Ziel, Abgangsdatum.

Erneut entzündete er die Gaslampe. In all den Jahren hatte er das noch nie getan: ein bereits gelöschtes Licht wieder entzünden! Mit zitternden Händen schlug er die aktuelle Seite des Buches auf, fuhr über das Papier und fand die Zeile. In der Tat war der Empfänger der Sendung notiert: die Zinnwalder Kirchgemeinde. Doch in der Zeile für das Datum des Abgangs: nichts. Eine leere Spalte.

Storch stürmte hinüber ans Aktenregal und zog das Orderbuch heraus. Er befeuchtete den Zeigefinger, um besser blättern zu können. Dann fuhr er über die Tabellen. Knisternd wellte sich das Papier unter seiner Fingerkuppe. Und je länger er blätterte, desto zorniger wurde er, desto stärker sein Druck auf die Seiten. Tag um Tag, Woche um Woche musste er zurückblättern. Da, endlich, zum Ende des Monats Oktober: der Brief der Kirchgemeinde, die Bitte, das Weihnachtsfest der Gemeinde Zinnwald mit Produkten aus der Fabrikation Storch & Storch & Compagnie auszustatten. Beglaubigt war die Order durch zwei Unterschriften: die schwungvolle des Kirchgemeindevorstands sowie die krakelige des Pfarrers. Die Hitze schoss Storch ins Gesicht. Deutlich stand ihm vor Augen, was passiert war: Die Kiste war schlichtweg vergessen worden. Längst gepackt, geprüft, abgefertigt – und dann: vergessen! Aus irgendeinem unerfindlichen Grund nicht aufgeladen. Ein Unding in seiner, Storchs Firma, die sich durch Akkuratesse und Pünktlichkeit auszeichnete. Er, Vincent Storch, Fabrikant und Gründer, bürgte dafür mit seinem Namen.

Er stürmte nach vorn, ins helle Licht des Mittags, verglich den Zeiger seiner Taschenuhr mit dem Stand der Sonne, überlegte, wie lange man wohl mit dem Fuhrwerk bis nach Zinnwald im Erzgebirge brauchte – und musste sich eingestehen: Er wusste es nicht. Jahrelang war er nicht aus der Stadt herausgekommen – wozu auch?

Alles, was er benötigte, gab es in Dresden, und was es nicht gab, ließ sich heranholen.

Doch Storch wollte diese Bestellung – die letzte der Saison – ans Ziel bringen, und zwar pünktlich zum Fest, koste es, was es wolle.

Auf der ihr gegenüberliegenden Straßenseite hatte Lisbeth etwas entdeckt, das ihre Aufmerksamkeit fesselte: einen Laden, wie es ihn daheim, in ihrer kleinen Stadt im Gebirge, nicht gab. Durch die Glasscheiben spiegelte Gold und Porzellanweiß, und aus der Tür, die sich unter dem Andrang der Kunden fortwährend öffnete und schloss und wieder öffnete, schwebte ein eigenartiger Geruch. Und noch etwas fesselte sie: Quer über die Auslagen war eine Kette goldener Engel gespannt. Sie hielten sich Flügel an Flügel und schienen alles zu beschützen, was sich unter ihre Fittiche begab.

Als das Mädchen sich anschickte, die Straße zu überqueren, tönte ein hohes, quakendes Hupen an ihr Ohr: ein Automobil! Dem Mann, der sich aus der Fensterluke lehnte, klemmte der Hut fest auf dem Kopf. Sein Gesicht war hochrot. Er schimpfte Worte, die Lisbeth nicht hören konnte, so laut ratterte das Fahrzeug vorüber. Und danach noch eines. Und noch eines, wie an einer Perlenschnur aufgereiht. Daheim kam es höchstens zwei- bis dreimal in der Woche vor, dass eines den Weg kreuzte. Und dann ausgerechnet in dem Moment, als Lisbeths Mutter zwischen Leben und Tod schwebte – ein Wunder!

Länger als einen Tag und eine Nacht hatte sie bereits in den Wehen gelegen, immer schwächer war sie geworden, und der Vater hatte schon ein Segenslicht für sie angezündet, als von draußen dieses seltsame, seltene Geräusch ertönte. Aufspringen und Hinauslaufen war für den Vater eines. Die Treppen hinunter und dann – das konnte Lisbeth vom Fenster aus beobachten – dem Automobil des Bergwerksbesitzers hinterher. Bald war der Vater schneller und an dem Fahrzeug vorüber. Mit nackten Füßen lief er über die gepflasterte Hauptstraße und sprang entschlossen mitten auf den Fahrweg.

Lisbeth schrie auf. Schon wähnte sie ihn überrollt! Doch der Chauffeur stieg auf die Bremsen, und das Automobil kam schlingernd zum Stehen. Dann sprang der Mann heraus und schrie den Vater an: Was ihm denn einfalle, sich vor die Räder zu werfen!

Der Vater aber kümmerte sich nicht um Vorwürfe, sondern war gleich vor dem Chauffeur auf die Knie gefallen und hatte ihn angefleht, seine Frau einzuladen und nach Dresden zu bringen. Nur dort sei noch Rettung zu erwarten.

Lisbeth hatte vom Fenster aus jedes Wort mitgehört. Sie erstarrte. So schlimm stand es? Fassungslos sah sie zu, wie man die Mutter auf ein Brett band. Etwas Besseres hatte man in der Eile nicht finden können. Dann brachte man sie zum Auto und verlud sie auf die Rückbank. Der Bergwerksbesitzer, ein rundlicher Mann mit

Schnurrbart und Zylinder, machte mit großzügiger Geste Platz und ließ sich auf der Vorderbank nieder.

Als sich die Hecktür hinter der Mutter schloss, stand Lisbeth noch immer unter Schock. Schon rüttelte der Vater an ihrer Schulter, sie solle die Mutter begleiten, denn er müsse bei den Geschwistern bleiben. «Lisbeth, deine Mutter braucht jetzt Beistand», klangen seine Worte in ihrer Erinnerung nach. Und dann seine hilflose Geste: «Ich wüsste nicht, was zu tun ist!»

Aber von ihr, einem elfjährigen Mädchen, dachte er, dass sie es wisse? Nein, vermutlich hatte der Vater in diesem Augenblick nicht so viel nachgedacht. Aber, und das hoffte Lisbeth ganz fest, er hatte sicher das Richtige getan. Zumindest hatten sie dann ja noch die Stadt und das Hospital erreicht …

Ein neuerliches Hupen riss Lisbeth aus ihren Gedanken. In Dresden waren Automobile so zahlreich wie die Gänse in ihrer Stadt. Und sie bevölkerten genauso die Straßen und Wege. Kaum ein Moment verging, ohne dass eines vorüberfuhr, und Lisbeth wartete ab, bis auch wirklich weit und breit keines mehr in Sicht war. Dann rannte sie – als wäre der Teufel hinter ihr her – auf die andere Straßenseite.

Vor dem Laden, dessen Tür sich immer noch in einer irren Folge öffnete und schloss, jedes Mal begleitet vom Klingeln heller Glöckchen, war der Geruch betörend. Käse, nun erkannte Lisbeth es, und noch etwas Süßlicheres, aber der Geruch von Käse war unverkennbar. Sie konnte nun die Engel aus der Nähe betrachten, ihren Liebreiz, ihren goldenen Schimmer – und spürte dann ihren bohrenden Hunger. Zwei Stufen nur waren es hinauf. Und die Glocken verkündeten allen Leuten, dass sie den Laden betrat.

Verschämt sah Lisbeth zu Boden. Als sie den Kopf wieder hob, kam sie aus dem Staunen nicht heraus. Was sie sah, wollte nicht zu dem passen, was sie roch. Wie passte der Käse, so einfach und erdig wie der Geruch, den er verbreitete, so gewöhnlich wie ein Sommergewitter, zu diesem Festsaal, in dem sie stand, voller Gold und Schnörkel und bunter Farben, eher der Palast eines Königs als ein Ort, an dem es roch wie – Lisbeth dachte nach – wie in einem Ziegenstall!

«Womit kann ich dienen, kleines Fräulein?»

Lisbeth staunte. Der Ort sah nicht nur aus wie ein Palast, man redete auch so! Sie suchte nach der vornehmsten Anrede, die sie kannte. «Verehrte Dame, ich muss so schnell wie möglich nach Hause!»

Die Verkäuferin auf der anderen Seite der Theke, mit hochgestecktem Haar unter einer weißen Spitzenhaube, verkniff sich ein Lachen. Ratlos, aber freundlich schaute sie Lisbeth an. «Tut mir leid, junge Dame, wir sind ein Milch- und Käseladen – kein Fuhrunternehmen.»

Lisbeth sah sich um und nickte. Ein Milch- und Käseladen, gewiss. In dem doch ein König wohnen musste, denn alles glitzerte von Gold und Silber!

«Ich muss heim, verstehen Sie, mein Vater ist allein mit den Geschwistern. Und sicher muss er bald unter Tag, für Lohn und Brot, wie er immer sagt.»

«Unter Tag? Aber wo kommst du denn her, mein Kind?»

«Aus Geising. Dort lebt meine Familie.»

«Du willst jetzt noch hinauf ins Gebirge?»

«Ich muss!»

Eine Dame mit imposanter Hutkrempe, auf der sich etliche Früchte und sicher – wie Lisbeth vermutete – auch Tiere tummelten, mischte sich von der Seite her ein. «Verzeihen Sie, ich habe leider gar keine Zeit, um Gesprächen zu lauschen, ich muss die Festtafel für meine Gäste vorbereiten.»

«Aber sicher, Frau Medizinalrat. Ich bin gleich für Sie da.»

Die Dame mit dem weißen Häubchen – war sie womöglich die Königin dieses Reiches? – trat hinter ihrer gläsernen Bastion hervor und beugte sich hinunter. Der freundliche Blick, den sie Lisbeth eben zugeworfen hatte, verwandelte sich in echtes Bedauern. Lisbeth schreckte zurück, als sie bemerkte, dass selbst die Hände der Verkäuferin nach Käse rochen.

«Schau, mein Kind, unsere Fuhrwerke sind alle schon in der Remise. Auf dem Hof findest du niemanden mehr. Selbst die Kutscher

wappnen sich fürs Weihnachtsfest. Geh hinüber, über die Elbe, zum Dippser Schlag, und sieh zu, dass du ein Fuhrwerk findest, das ins Gebirge geht. Wenn du Glück hast, nimmt dich einer mit.» Die Verkäuferin nickte ihr aufmunternd zu.

Aber wo geht es denn über die Elbe?, wollte Lisbeth noch fragen, und ob sie ihr nicht einen Kanten Brot oder ein Stück Käse geben könne?

Doch die Verkäuferin hatte sich bereits erhoben und kein Ohr mehr für sie. «So, Frau Medizinalrat, nun bin ich ganz für Sie da.»

«Wird auch Zeit. Wir sind alle in Eile an diesem Tag! Geben Sie mir zwei Pfund Ziegentaler, und dann …», vernahm Lisbeth noch, als sie zur Tür taumelte.

Storch hatte keine Zeit zu verlieren. An der Deichsel zerrte er das Fuhrwerk aus dem Schuppen. Holte das Kummet und das Geschirr aus der Zaumkammer und verzichtete darauf, die Gäule zu putzen. Als er das Fuhrwerk im Hof vorbereitet und zurechtgestellt hatte, war ihm heiß unterm Mantel. Seine Atemwölkchen gingen stoßweise in die klare Luft. Erhitzt und erzürnt betrat er die Box, die Peitsche in der Faust, sodass die Pferde auswichen.

Mit harten Griffen packte er die Gäule am Halfter und zerrte sie heraus. Die Stute stampfte, warf den Kopf und drängte zurück, der Wallach gehorchte zögernd.

«Macht denn hier niemand, was ich sage!», schrie Storch. Mit der Peitsche brachte er die Kaltblüter dazu, sich rechts und links der Deichsel zu postieren. Gerade hob Storch das Kantholz an, um sie mit den Riemen zu verzurren, als er hinter sich erneut Heinrichs Stimme vernahm.

«Herr!»

Storch wirbelte herum. «Was gibt's denn noch?» Er entließ die Pferde – angegurtet waren sie nun – und ging, die Peitsche in der Hand, auf den Bediensteten zu.

Mit gerunzelter Stirn sah Heinrich seinen Herrn an. «Ich habe meine Überschuhe vergessen. Es sieht nach Schnee aus.»

«Dann hol sie und troll dich!»

«Warum spannen Sie an?»

«Was kümmert's dich?», warf Storch ihm entgegen.

Heinrich schwieg, hob die Schultern und ließ sie wieder sinken. Doch Storch war jetzt so in Rage, dass er nicht länger schweigen konnte: «Schindluderei!», schrie er heraus. «Eine Sendung an die Zinnwalder Kirchgemeinde ist vergessen worden.»

Heinrich senkte errötend den Kopf.

«Sag nicht, du weißt davon!», zischte Storch.

«Herr, es ist zu spät bemerkt worden», gab Heinrich kleinlaut zu. Dann fügte er rasch und wie zur Entschuldigung hinzu: «Es ist nur eine einzige Kiste. Die Zinnwalder werden ohne sie auskommen.»

«Ohne Weihnachtskiste? Am Heiligen Abend?»

Heinrich zuckte wieder mit den Schultern. «Sie sind doch auch bisher ohne ausgekommen.»

«Heinrich! Das ist keine Lappalie! So etwas hat es bei Storch & Storch & Compagnie noch nie gegeben. Und das wird es auch jetzt nicht geben. Nicht, solange ich die Firma leite!»

Storch wandte sich wieder dem Geschirr zu.

Heinrich beobachtete seine Griffe und verfolgte die Führung der Riemen vom Kummet über den Rücken der Pferde bis zum Bock. «Wann haben Sie das letzte Mal angeschirrt, Herr?», fragte er Storch.

Der hatte gerade das zweite Kummet mit beiden Händen gepackt und wollte es dem Wallach überwerfen. Doch die Energie, mit der er die Gäule aus der Stallgasse gezerrt hatte, war verpufft. Die Peitsche lag nun achtlos im Stroh, fast hätten die Pferde sie zerstampft. Storch ließ das Kummet sinken.

Heinrich trat neben ihn. «Lassen Sie mich das machen!» Und ohne die Antwort seines Herrn abzuwarten, schob er sich an ihm vorbei und tätschelte den Kaltblütern die Hälse. «Ruhig! Ganz ruhig!»

Augenblicklich wurden die Pferde friedlich und ließen sich anspannen. Storch wandte sich ab und holte unterdessen die Kiste mit dem eingebrannten Firmensignet aus dem Lager. Als er zurückkam, war sein Kopf hochrot. Keuchend versuchte er, sie auf die Ladefläche zu hieven, doch es gelang ihm nicht. Wortlos nahm Heinrich ihm die Kiste aus den Händen, stellte sie auf die Pritsche, verzurrte sie und warf ein Wachstuch darüber.

Storch gab sich eine entschlossene Miene. Er hob die Peitsche auf und machte Anstalten, den Kutschbock zu erklettern. An der Schulter hielt Heinrich ihn zurück. «Herr, Sie wollen wirklich noch nach Zinnwald?»

Storch legte die Hand an die Hutkrempe und blinzelte ins Sonnenlicht, das vom Mittagshimmel noch beinahe senkrecht in den Hof fiel. «Ja, sicher. Ohne uns gibt es kein Weihnachten! Ich werde nicht zulassen, dass Orders nicht ausgeliefert werden. Nicht bei Storch & Storch & Compagnie.»

«Aber es sieht nach Schnee aus, Herr!»

«Und wennschon.» Storch lachte seinen Vorarbeiter einfach aus. «Ich werde diese Kiste an ihr Ziel bringen.»

Fassungslos starrte Heinrich ihn an. «Wissen Sie überhaupt, Herr, wo Zinnwald liegt? Sie sind doch jahrelang nicht aus Dresden hinausgekommen!»

Mit harter Miene kletterte Storch auf den Kutschbock. Er würdigte Heinrich keines Blickes.

«Nun seien Sie doch nicht so stur!», entfuhr es dem Bediensteten.

Hochrot fuhr Storch herum. «Was erlaubst du dir!»

Heinrich senkte den Blick.

Storch gab den Kaltblütern die Peitsche. Mit Knirschen und Poltern bewegte sich das Fuhrwerk vom Hof und durch den Torbogen auf die Straße hinaus. Die Hufeisen klirrten so hart auf das Pflaster, dass sie Funken schlugen.

«Ein frohes Weihnachtsfest!», rief Heinrich dem Patriarchen hinterher und fügte leise hinzu: «Und Gottes Segen auf Ihr Haupt, Herr.»

Als Lisbeth wieder auf die Straße trat, peitschte ihr der Wind ins Gesicht. Der Klang der Türglöckchen wurde fortgetragen und verstummte schließlich abrupt, als die Tür hinter ihr ins Schloss fiel. Es war nicht so kalt wie in den Bergen, doch die Einsamkeit, die Lisbeth nun überfiel, tat ein Übriges. Vor ihr lag die Pflasterstraße, von der sie nicht einmal wusste, ob sie in die richtige Richtung wies. Fuhrwerk reihte sich an Automobil, Automobil an Fuhrwerk. Sollte sie die Fahrer fragen, welcher von ihnen zum Dippser Schlag fuhr? Diese unbekannten Herren, auf deren Gesichtern nichts als Hast und Eile abzulesen war?

Noch versuchte Lisbeth, Mut für diese Aufgabe zu sammeln, da tauchten, nur ein paar Schritte von ihr, zwei Ungetüme aus dem Dunkel einer Durchfahrt auf: zwei Kaltblüter mit langen Zottelmähnen. So sahen auch die Rückepferde aus, die die Baumstämme daheim im Gebirge aus dem Wald zogen. Ihre Fesseln waren unter wuchernden Haarbüscheln verborgen. Selbst bei Schnee, Eis und Morast waren es zuverlässige Gefährten. Die würden sie nach Hause bringen, das wusste Lisbeth mit der Zuversicht ihres Herzens.

Auf dem Kutschbock saß ein graubärtiger Mann, den Mantelkragen hochgeschlagen, das Gesicht unter einer Hutkrempe verborgen. Und als Lisbeth die fast leere Ladefläche sah, das Wachstuch in einer Ecke der Pritsche, darunter die ganze spärliche Ladung, da wusste sie, dass es ein Leichtes wäre, einfach hinaufzuhüpfen und unter die Decke zu schlüpfen.

In geduckter Haltung rannte sie von hinten auf das Fuhrwerk zu, sprang mehr, als dass sie kletterte, hinauf und krabbelte unter die Decke.

«He da!», hörte sie jemanden rufen. Schon hielt sie sich für entdeckt, dachte, dass das Tuch nun weggezogen würde und sie entblößt daläge. Doch nichts geschah. Der Ruf mochte irgendjemandem gegolten haben, nicht ihr.

Lisbeth atmete erleichtert aus, zog die Beine an und wickelte ihren Mantelsaum um die Knöchel. Das würde sie warm halten – eine Weile wenigstens.

Storch hatte lange kein Fuhrwerk mehr gelenkt. Er bewegte sich hauptsächlich zu Fuß fort. Von seinem Haus nahe dem Neustädter Elbufer waren es nur wenige Schritte bis zur Manufaktur.

Die Riemen lagen ihm steif in der Hand, er musste achtgeben, dass die Pferde niemandem in die Quere kamen. Denn seit kurzem beanspruchten die Automobile die Straßen für sich. Und ihre Zahl nahm stetig zu. Sie kränkten das Gehör mit ihrem Gebrumm, das Gehupe erschreckte die Pferde, täglich gingen welche durch. Zudem rochen die neuen Fahrzeuge nicht gut: metallisch und schweflig, dass es einem den Magen umdrehte – Teufelszeug!, dachte Storch.

Auf der Bautzner Straße hatte der Trubel auch am Mittag des Heiligen Abends noch nicht abgenommen. So war Storchs Aufmerksamkeit gefangen, und er überhörte das leise Kratzen, als jemand über die Ladefläche krabbelte, überhörte auch das Rascheln hinter seinem Rücken, als die Person unter die Wachstuchdecke kroch.

Der Himmel hatte sich zugezogen. Grau und schwer lagen die Wolken über der Stadt, die Schneelast war ihnen anzusehen. Lange würde es nicht mehr dauern, bis das zur Weihnacht so innig herbeigesehnte Rieseln beginnen würde, winzig und bezaubernd aus derart monströsen Gebilden.

Was andere entzückte, erzürnte Storch. Er hasste den Schnee ebenso wie dies ganze festliche Gesumm der Weihnachtsvorbereitungen, hasste die Lieder, die das Herz in Samt packten, den Geruch von Backpflaumen und Zimtsternen, hasste erst recht die Stille, die über die Stadt sank, je schneller es dem Heiligen Abend entgegenging. Tief verkroch er sich in seinen Mantelkragen, um nicht bemerkt zu werden, denn natürlich konnte es nicht angehen, dass ein ehrenwerter Bürger der Stadt, dessen berufliche Existenz ganz auf das Fest gebaut war, all das verabscheute, was damit zusammenhing.

Ein kreischendes Geräusch riss ihn aus den Gedanken. Seine Pferde machten zwei Sätze zugleich: einen zur Seite und einen nach vorn. Die Riemen ächzten, und die Deichsel krachte. Sein Fuhrwerk kam dem metallenen Ungetüm beunruhigend nah, das die Quelle des Kreischens war: eine dieser neumodischen Pferdestraßenbahnen! Das waren keine Kutschen, sondern haushohe Kästen mit einem unvorstellbaren Fassungsvermögen. Hatten die großen Postkutschen ein Dutzend Passagiere transportiert, so waren es in der Pferdetram beinahe hundert zugleich. Die Räder waren aus Metall, die Schienen ebenso. Fahrbare Bollwerke, das waren die neuen Transportmittel.

Auf dem Albertplatz kreuzten sich die Hauptlinien, hier polterten und kreischten die Metallmonster im Minutentakt, rannten scheppernd und donnernd wie die Turnierpferde der Ritter gegeneinander an – und wichen in letzter Sekunde aus. In den engen Kurven quietschten die Räder und schrammten, dass Storchs Gäule – die anders als die Zugpferde der Tram diese Geräusche nicht gewöhnt waren und auch keine Schauleder vor den Augen trugen – sich gar nicht mehr beruhigen wollten. Sie trippelten und stampften, wollten schier aus ihrem Geschirr springen und davonlaufen. Storch hatte seine liebe Not, sie zu besänftigen. Er rief «hoh» und «brrrr» und packte die Riemen fester.

Dann verstummte das Quietschen. Mit zornrotem Gesicht rief ihm der Kondukteur auf der offenen Plattform am Ende des Wagens noch ein Schimpfwort zu, und schon fuhr die Pferdetram rumpelnd wieder auf gerader Strecke dahin, nur eine Armlänge entfernt.

Die Stute fing sich als Erste, während der Wallach noch tänzelte. Doch die Gefahr, dass die Gäule durchgingen, war gebannt. Storch atmete auf. In elegantem Schwung umrundete er den Platz mit seinen herrschaftlichen Brunnen und lenkte das Fuhrwerk zur Elbe.

Als er über den Fluss kam und die Sicht freier wurde, hob Storch den Blick über die roten Ziegeldächer hinweg gen Erzgebirge, dessen sanfte Hügel von der anderen Talseite her grüßten. Doch als er die schweren, grauen Wolken am südlichen Ende der Stadt erspähte und die noch schwereren über den Kuppen des Gebirges, gefror seine Miene. Mit einem Mal hatte er seinen ärgsten Gegner an diesem Tag erkannt. Wie zur Warnung trudelte ihm der Wind schon einzelne, verirrte Flocken ins Gesicht. Als wollte ihm eine höhere Macht das Vorhaben streitig machen. Nicht mir!, dachte Storch. Da hast du dich verrechnet!

Obwohl es unter dem Wachstuch vor allem nach Wachstuch roch, nahm Lisbeth das Aroma wahr. Es war die dumpfe Feuchte des Dezemberschnees, der auf eine für den Winter ungewöhnlich warme Wetterphase folgte. Die letzten Tage waren spätherbstlich mild gewesen. Nun strömte strenge Kälte aus Böhmen heran, die die Nässe sofort in Schnee verwandelte. All das roch Lisbeth unter ihrer Decke, und sie war bezaubert von diesem vertrauten Hauch, der sie, obwohl sie noch weit entfernt war, der Heimat näher brachte. Sie lupfte das Tuch, um den Geruch tief einatmen und ganz auskosten zu können. Und da sie neugierig war, hob sie vorsichtig den Kopf, bis sie über die Reling schauen konnte.

Was sie sah, ließ ihre Augen groß werden: Sie kamen am Schloss vorbei mit seinen Schneckengiebeln und Ziergesimsen, dann an einem großen Haus. Was ihr den Atem nahm, waren die vier Raubkatzen, hoch oben über dem Portal, die so etwas wie eine Kutsche zogen. Solch ein Gefährt hatte sie noch nie gesehen. Eine Kutsche, die kaum Platz bot, nur für eine Person! Die musste zwar stehen, dafür aber wurde sie gezogen von Katzen mit gefletschten Zähnen. Die Tiere machten nicht den Eindruck, als verrichteten sie ihre Zugarbeit mit Vergnügen.

Dann passierten sie den Striezelmarkt mit seinen Bretterbuden und dem Geruch nach Zimt und Bratäpfeln. Und weil Lisbeth nun umso quälender den Hunger verspürte – seit dem Aufbruch am Vortag hatte sie nichts mehr gegessen, weil das Schicksal der Mutter so viel wichtiger war –, wurde sie übermütig und streckte ihren Kopf noch weiter unter dem Tuch hervor.

Da stoppte das Fuhrwerk. Behände duckte sich Lisbeth wieder unter die Decke, und weder eine Nasenspitze noch ein Zipfelchen ihres Mantels lugte darunter hervor.

Ratlos schob Storch den Hut in den Nacken. Bis an den Rand der Stadt war er gelangt, bis an den ersten Anstieg, in dem sich, höflich und harmlos zunächst, das mächtige Gebirge im Süden der Stadt vorstellte. Es begann mit sanften Hängen und Kuppen, doch alsbald wuchs es an zu spektakulärer Wildnis und Kargheit.

Storch war an die Wegkreuzung gelangt, wo vor wenigen Jahrzehnten noch ein Torhäuschen für die Wachmannschaft gestanden hatte, um die Grenzen der Stadt abzustecken. Die Weitung des Weges war erkennbar, doch die Wache hatte man abgerissen, als die Stadt begann, in die Landschaft zu wuchern. Die Grenze zwischen Stadt und Vorstadt, in Storchs Kindheit noch zuverlässig durch Mauern und Schanzen gezogen, verwuchs immer mehr mit dem Umland. Und nichts und niemand, nicht einmal eine Postsäule, wies den Weg nach Zinnwald. Mehrere Straßen gingen nach Süden, doch nur eine von ihnen, das wusste Storch, führte hinunter nach Kaitz und dann wieder hinauf nach dem Dorf Bannewitz. Dann ging es weiter über die ersten Anhöhen und wieder hinunter ins Tal der Weißeritz, nach Dippoldiswalde. Dort angekommen wäre es ein Leichtes, über Schmiedeberg weiter gen Zinnwald zu fahren, denn da ging es immer am Flusslauf entlang. So erinnerte es Storch. Doch welcher davon war dieser Weg? Ratlos betrachtete er die Abzweige. Vom Kutschbock zu steigen und einen Menschen zu fragen, kam ihm nicht in den Sinn. Vincent Storch benötigte keine Hilfe, und sicherlich behelligte er keinen Fremden mit seinen Angelegenheiten.

Unruhig trippelten die Pferde, der Wagen ruckte unter ihrer Ungeduld, und Storch zog die Bremse an, um Rat mit sich selbst zu halten. Immer tiefer furchte sich seine Stirn.

Dann bot sich seinem aufmerksamen Blick ein Hinweis, der ihm einschlägig dünkte: ein Fuhrwerk mit Pritsche wie das seine, darauf einzelne Zweige und stachliges Grün, der Rest einer einst stolzen Fuhre, die dieser Wagen in die Stadt gebracht haben musste. Grün für den Weihnachtsschmuck oder vielleicht sogar die letzten Christbäume fürs Fest. Sie konnten nicht anders als aus dem Gebirge herbeigeschafft worden sein. Und wenn dieses Fuhrwerk nun seiner Ladung ledig war, würde es ganz sicher dorthin zurückkehren.

Storchs Miene hellte sich auf. Plötzlich sah er viele, die in ganz ähnlicher Absicht in die Stadt gekommen sein mussten: Fleischfuhren, Spielzeugfuhren, Brennholzfuhren, Strohfuhren, Holzschmuckfuhren. Die Stadt war unersättlich, das Gebirge lieferte. Wenigstens ein Teil des gigantischen Hungers wurde aus dem gestillt, was die Berge hergaben.

Je länger er sich umsah, desto ersichtlicher waren all diese offenen Lieferfuhrwerke mit ihren leergeräumten Pritschen. Nur er war noch beladen – mit einer Kiste und einer Pflicht. Er hatte nichts weiter zu tun, als diesen Fuhrwerken zu folgen. Und wenn er erst einmal in Dippoldiswalde wäre, dann würde er es auch auf den Gebirgskamm schaffen!

Er löste die Bremse und ließ die Riemen auf die Rücken der Tiere klatschen. Die Gäule legten sich in die Kummete. Langsam kam der Wagen ins Rollen und zuckelte den anderen hinterher.

*L*isbeth erschien es wie eine Ewigkeit, dass der Wagen anfuhr, anhielt und wieder anfuhr. Die Stadt wollte kein Ende nehmen. Mussten sie nicht allmählich heraus sein? Auf dem Hang wenigstens?

Doch immer noch fuhren sie vollkommen horizontal dahin. Nur

die Luft wurde allmählich kälter. Der Wind stürzte den Frost hinunter ins Tal und schüttete ihn über den Bewohnern aus.

Lisbeth begann zu frieren, ohne dass sie in ihrer Katzenrolle unter der Wachstuchdecke irgendetwas daran ändern konnte. Und plötzlich – die schrecklichen Folgen erahnte sie erst, als das Gefühl nicht mehr zu leugnen war – drang es auch in ihr Bewusstsein vor, dass da etwas in ihrer Nase kribbelte, ein Jucken, ein zartes Kitzeln nur, doch mit gewiss unheilvollem Ausgang. Lisbeth fühlte: Sie musste niesen.

Das konnte nicht sein, das durfte nicht sein!

Sie versuchte, durch den Mund zu atmen; sie versuchte, die Nase durch mehrmaliges Rümpfen und leises Schnauben zu beruhigen, kniff sie mit Daumen und Zeigefinger zusammen, verdrehte die Augen, atmete tief ein und sachte wieder aus, doch nichts, rein gar nichts konnte dieses teuflische Kribbeln stoppen. Schnappend sog Lisbeth Luft ein, und dann zerriss es sie fast …

Storch fuhr herum und beugte sich über den Zeugkasten hinter dem Kutschbock. Von dort war das Niesen gekommen! Und tatsächlich. Hinter dem Kasten, unter dem Wachstuch und neben der Kiste, die den Weihnachtsschmuck enthielt, sah er eine verdächtige Ausbeulung. Mit einer einzigen Bewegung zog er das Wachstuch von der Ladung.

Überrascht sah Storch in die verängstigten Augen eines Mädchens. «Was machst du denn hier?»

«Ich muss nach Hause, Herr.» Das Mädchen hatte seine Arme um den dürren Leib geschlungen. Seine Nase war rot und triefte, es zitterte am ganzen Körper. «Bitte!»

«Nein.» Storch schüttelte den Kopf.

«Sie fahren doch ins Gebirge, Herr?»

«Woher weißt du das?»

Das Mädchen zuckte mit den Schultern. «Ich kann Ihnen helfen. Der Weg ist weit, und es wird Schnee geben, viel Schnee.»

«Ach. Das weißt du jetzt schon? Dann bist du wohl das Fräulein Naseweis?»

Das Mädchen nickte. «Im Gebirge liegt er schon, das riecht man.»

Storch hob die Nase und sog Luft ein. Er roch rein gar nichts.

«So ein Humbug!», sagte er unwirsch. «Man kann Schnee nicht riechen, schon gar nicht auf diese Entfernung.»

«Natürlich kann man das.»

«Humbug», wiederholte Storch und wandte sich ab. «Wenn du über alles so gut Bescheid weißt, dann wirst du auch einen Weg nach Hause finden. Ohne mich.» Mit einer Geste wies er sie von seinem Fuhrwerk.

Das Mädchen hatte Tränen in den Augen. Schwerfällig, als sei sie in eine Art Winterstarre verfallen, schob sie sich von der Ladefläche. Und setzte doch noch einmal an: «Herr! Ich muss heim zu meinem Vater und den Geschwistern …»

«Nein!»

Ohne sie noch mal anzusehen, nahm Storch die Lederriemen wieder auf. Schon ruckelte das Fuhrwerk an. Storch spürte die Blicke des Mädchens im Rücken wie Nadeln. Er vergrub sich in seinen Mantel und starrte stur geradeaus.

Deshalb sah er nicht, wie Lisbeth, kaum dass sich die Kutsche in Bewegung gesetzt hatte, loslief, sich mit Schwung wieder auf die Pritsche schob, geschwind über die Planken krabbelte und erneut unter die Wachstuchdecke schlüpfte.

Diesmal war Lisbeth nicht nur ein blinder Passagier. Sie war ein abgewiesener blinder Passagier und hatte noch viel weniger Recht als zuvor, hier zu sein. Sie hatte gefragt. Und der graubärtige Alte hatte sie fortgeschickt. Doch wie sollte sie sonst den Auftrag der Mutter, so schnell wie möglich zum Vater und zu den Geschwistern zurückzukehren, ausführen? Es war weit und breit kein anderes Fuhrwerk in Sicht. Und sicher kämen nicht mehr viele vorbei am Heiligen Abend.

Ein Gefühl der Geborgenheit durchströmte sie, als sie unter die Decke kroch und den Geruch des Wachstuchs einatmete. Doch das war trügerisch. Denn nun hatte Lisbeth Angst, dass der Alte sie ein zweites Mal entdecken würde. Und dann käme sie gewiss nicht mehr ungeschoren davon.

Etwa eine halbe Meile außerhalb der Stadt gabelte sich der Weg. Sosehr Storch auch auf die beiden Abzweige starrte, er wusste nicht, wohin er sich wenden sollte.

«Nach links!», kam es da von der Pritsche.

Storch zog die Augenbrauen so stark zusammen, dass sie sich beinahe über der Nasenwurzel berührten. Er wandte sich um und stierte auf die Wachstuchdecke. Sie bebte gewaltig. Das Mädchen musste vor Kälte zittern – oder vor Angst.

Schon wollte Storch zur Schimpftirade ansetzen, da besann er sich. Ohne ein Wort zu sagen – weder des Zornes noch des Dankes –, trieb er die Pferde an und befolgte den Rat des Mädchens.

Und just als er das wärmende Fell enger um die Beine geschlungen hatte und die Peitsche schwang, um die Pferde anziehen zu lassen, begann das wilde Rieseln. Nicht einzelne Flocken wie zuvor: Eine weiße Wand war es jetzt, und als Storch nach oben sah, war das Gestöber schon so dicht, dass es die Wolken verbarg.

Je höher die Kutsche hinaufkletterte, desto dichter wurde der Schneefall. Kaum sah Storch noch die Ohren der Pferde. Erneut vernahm er ein Niesen von der Pritsche. Dann ein Husten. Storch seufzte tief und zog die Riemen an. Dampfend kamen die Pferde zum Stehen. Der sanft, aber beständig ansteigende Hang verlangte ihnen alles ab.

«Ist das der Abzweig nach Kreischa?», tönte es gedämpft von hinten unter der Decke hervor. «So müssen Sie, mein Herr, diesmal den rechten …»

Storch schnaubte verärgert.

«Wie meinen, der Herr?»

«Komm nach vorn!»

Das Mädchen rührte sich nicht.

«Nun komm schon!»

Keine Antwort. Storch wollte die Pferde schon wieder antreiben, da kam es von hinten: «Ich soll was tun, der Herr?»

«Dich zu mir auf den Kutschbock setzen. Wie sieht denn das aus, wenn ich mit einer Decke rede!»

Noch immer rührte sich das Mädchen nicht.

Storch erhob die Stimme, beinahe wurde er wütend. «Jetzt mach schon, bevor ich es mir anders überlege!»

Der Alte stierte geradeaus auf den Weg, während das Mädchen sich nun umständlich nach hinten von der Pritsche schob, anstatt einfach über die Brüstung des Aufbaus zu klettern.

Als sie auf den Kutschbock geklettert war, hielt Storch ihr ein Zipflein des Fells für ihre Beine hin. Die waren dünn, viel schmaler als seine, und doch reichte der Zipfel kaum, sie zu bedecken. Dennoch zierte das Gesicht des Mädchens ein Lächeln.

«Danke», sagte sie.

«Du kennst die Wege durchs Gebirge?», fragte Storch, ohne sie anzuschauen.

Das Mädchen nickte. «Ein paar.»

«Den zum Erzgebirgskamm hinauf nach Zinnwald, kennst du den?»

«Über Geising kenne ich ihn sicher. Und von dort ist es nur ein Katzensprung.»

Storch schnaubte erneut. «Gut.»

«Aber sind Sie sicher, Herr, dass Sie mit dem Fuhrwerk dort hinaufwollen? Bei dem Schnee?»

Der Alte spürte, wie sie ihn von der Seite her prüfte.

«Die paar Flocken», sagte er verächtlich.

Das Mädchen runzelte die Stirn und schaute in den Himmel. «Es wird mehr werden. Viel mehr.»

«Und woher willst du das wissen?»

«Ich bin aufgewachsen im Gebirge, Herr. Ich sehe die Wolken und weiß, was sie bringen.»

Statt Antwort zu geben, schnaubte der Alte ein weiteres Mal. Dann trieb er seine Pferde an.

Während sie über die frisch gepflasterte Straße hinunter nach Kaitz rumpelten, fragte Lisbeth: «Wie heißen sie denn?»

«Storch. Vincent.»

Lisbeth kicherte hinter vorgehaltener Hand.

«Was gibt's denn da zu lachen?»

«Das sind sehr lustige Namen für Pferde.»

«Das ist mein Name», stellte der Alte richtig. «Vincent Storch, mit Verlaub.»

Lisbeth sah ihn unschuldig an. «Ach so. Aber ich meinte doch nicht Sie, Herr. Die Namen der Pferde wollte ich wissen.»

«Ach. Die.» Storch musste lange nachdenken. Vor Jahren hatte er die Gäule selbst bei einer Auktion erstanden, doch ihre Namen … Was hatte er schon damit zu schaffen!

«Gewiss werden sie Namen haben, Herr», sagte Lisbeth. «Wie kommt es, dass Sie …»

«Nun drängle nicht so! Sie heißen …» Storch war nahe daran, sich zwei Namen auszudenken, um sich vor dem Mädchen keine

Blöße zu geben, da fielen sie ihm plötzlich wieder ein: «Trude heißt die Stute, ja. Und Egon der Wallach.»

«Trude und Egon.»

«Richtig», bestätigte Storch. «Bist du nun zufrieden?»

Lisbeth nickte. «Das sind schöne Namen.»

«Meinst du?»

«Ja», sagte sie.

Das Schweigen konnte sie nicht lange aushalten, und Storch seufzte, als sie ihre nächste Frage stellte.

«Was ist es denn, was Sie nach Zinnwald schaffen? Eine einzige Kiste nur?»

Storch grummelte etwas in seinen Kragen.

«Wie bitte?», hakte Lisbeth nach.

«Was geht's dich an?»

«Es geht mich nichts an», gab Lisbeth zu. «Aber ich bin neugierig.»

Storch schwieg beharrlich.

«Verraten Sie es mir?», bat das Mädchen. «Was kann denn so dringend sein, dass es am Heiligen Abend noch nach Zinnwald muss?»

Der Alte seufzte. «Die Weihnacht natürlich», sagte er dann.

«Wie?», fragte Lisbeth.

«Ich bringe die Weihnacht hinauf.»

Lisbeth machte große Augen. «Ist denn noch nicht genug dort oben?»

Nun musste der Alte schmunzeln. «Schon. Aber etwas fehlt immer.»

Das gab Lisbeth zu denken. Was konnte dieses «Etwas» sein? Hatte sie doch einige Zeit neben der Kiste zugebracht. Und nichts an ihr hatte weihnachtlich gerochen. Kein Bratapfelgeruch, kein Zimt oder Tannengrün, nichts von alldem.

Sie drehte sich um und schaute auf die Decke hinab. Kein Schimmer war an den Tuchsäumen zu sehen, kein Licht, das geheimnisvoll geleuchtet hätte, kein Glitzerglanz, nichts.

«Herr, Sie wollen mich wohl veräppeln!»

Entschieden schüttelte Storch den Kopf. «Weihnachten steckt in der Kiste, glaub mir. Eine ganze Menge davon.»

Ungläubig starrte Lisbeth ihn von der Seite an. Was sollte man bloß von solch einem rätselhaften Alten halten?

Das Fuhrwerk rumpelte über das weiß gepuderte Pflaster. Banewitz hatten sie hinter sich gelassen.
Plötzlich rief das Mädchen: «Anhalten, Herr!»

Erschrocken zog Storch die Zügel an. «Was ist denn nun schon wieder?»

Wortlos kletterte das Mädchen vom Bock und schoss hinüber an den mit einigen knorrigen Apfelbäumen bestandenen Wegesrand. Die von Flechten grünen Äste an der dem Wetter abgewandten Seite ragten dürr in die Winterluft. An einzelnen Zweigen hingen schrumpelige Äpfel vom vergangenen Herbst.

Unter einem besonders dicken Ast stand ein Wegekreuz. Ohne zu zögern, kniete sich das Mädchen in den Schnee und faltete die Hände. Ungeduldig rutschte Storch auf dem Kutschbock hin und her, doch das Mädchen zur Eile anzutreiben, getraute er sich nicht.

Zuerst wagte er nicht einmal hinüberzuschauen. Dann aber tat er es doch und betrachtete sie – zum ersten Mal, seit sie sich begegnet waren – mit Neugier.

Ihre Kleidung war einfach und schmucklos, ihr Körper schmächtig. Storch schätzte sie auf elf, höchstens zwölf Jahre. Das war alt genug, um unterwegs zu sein. Doch keinesfalls alt genug, um ohne Begleitung durch diese gefährliche Welt zu reisen. Ob Beten da nützte? Sicher nicht!

Storch spürte eine plötzliche Wärme in seinem Herzen, das Gefühl, sie beschützen zu wollen. Überrascht schüttelte er den Kopf und wandte den Blick ab.

In diesem Moment bekreuzigte sich das Mädchen, stand auf und kam herüber. Im Laufen schlug sie sich den Schnee von den Knien. Storch sah ihr ins Gesicht. Er meinte zu erkennen, dass sie geweint hatte. Doch das Mädchen blickte ihm stolz entgegen. Als wollte sie sich nichts anmerken lassen.

«Was hast du da gemacht?», fragte Storch.

«Gebetet. Das hast du doch gesehen.»

Der Alte nickte. «Aber warum?»

Mit großen Augen starrte sie ihn an. Als könne sie nicht verstehen, welch dumme Fragen er stellte. Dann antwortete sie: «Damit wir gut ankommen.»

Storch schüttelte den Kopf. «Aberglauben!»

«Mein Vater betet jedes Mal, bevor er aus dem Haus geht. Vor der heiligen Barbara, die in der Stubenecke auf dem Sims steht.»

«Dein Vater ist Bergmann?»

Das Mädchen nickte.

Storch bedeutete ihr, wieder auf dem Kutschbock Platz zu nehmen, und brummte: «Wenn du heil ankommen willst, solltest du mich nicht noch einmal so erschrecken.»

Er schob ihr das Fell zu. Diesmal war der Zipfel etwas größer. Er bedeckte Lisbeths Beine und ihren Schoß.

Eine Weile saßen sie stumm nebeneinander. Dann sagte sie: «Es gab noch etwas, wofür ich gebetet habe.»

Erwartungsvoll schwieg Lisbeth nach dieser Verkündung. Sie hoffte, er würde fragen. Doch den Gefallen tat Storch ihr nicht. Also ergänzte sie ungefragt: «Ich habe dafür gebetet, dass Mutter am Leben bleibt.»

Scheu sah sie von der Seite zu ihm auf. Sie hatte das Bedürfnis, sich die Sorge von der Seele zu reden. Doch der Alte blieb stumm. Und schien gar nicht wahrzunehmen, wie tief Lisbeth seufzte.

Eine Weile fuhren sie still dahin. Dann sagte das Mädchen: «Ich heiße Lisbeth. Elisabeth. Eigentlich.»
Zur Antwort stieß Storch bloß Luft durch die Nase.

Der Schnee wurde dichter, das Fortkommen beschwerlicher und die Fuhrwerke spärlicher. Anfangs kam ihnen noch eines ums andere entgegen, das Zaumzeug der Pferde mit Bimmeln und Schellen behängt. Am Ende waren sie die Einzigen weit und breit.

Lisbeth starrte auf den Fahrweg, der allmählich mit der Landschaft – den Wiesen, den vereisten Seen, den Feldern, ja selbst mit den Wäldern – verschmolz. Dann verfolgte sie die braunen Spuren, die die Räder des Fuhrwerks wie Klingen eines Messers in die noch dünne Schneedecke schnitten.

Dreimal nahm sie Anlauf. Beim vierten Mal sprach sie entschlossen: «Wir brauchen einen Schlitten.»

Der Alte tat, als habe er sie überhört.

«Sonst schaffen wir's nicht hinauf nach Zinnwald, Herr. Das ist wirklich weit oben im Gebirge …»

«Unfug», grummelte Storch. «Warum sollten wir es nicht schaffen?»

«Weil die Räder im Schnee stecken bleiben. Hier unten in der Flussaue ist es noch wegsam, aber …»

«Wie du siehst, haben wir zwei kräftige Gäule», fiel er ihr ins Wort.

«Und wenn wir vom Weg abkommen? Oder in eine Schneewehe fahren? Die Räder werden stecken bleiben. Kufen dagegen schneiden selbst die tiefste Wehe …»

Der Alte machte ein widerwilliges Geräusch. Dann schwieg er wieder. Nach einer Weile sagte er: «Hab ich dich zum Unken aufgeladen, Kind?»

Tief vergrub Lisbeth ihre vor Kälte rote Nase im Schal, schob die Hände in die Jackentasche und starrte schmollend auf das endlose Weiß, das sich vor ihnen erstreckte.

Sie erreichten eine Hügelkuppe. Vor ihnen lagen die Täler des östlichsten Erzgebirgszipfels, die auf der einen Seite sanft zur Elbe hin abfielen. Auf der anderen aber, ins Böhmische hinein, hinter dem Tal der Weißeritz, das sich vor ihnen erstreckte, stiegen die felsigen Hügel unerbittlich an.

Storch sah sich um. «Bist du sicher, dass wir noch richtig sind?»

Lisbeth streckte den Arm aus. «Siehst du dort hinten den Hügel, schwarz von Wald?»

Storch nickte.

«Das ist der Geisingberg», erläuterte Lisbeth. «Und dahinter, oberhalb von Geising, da ist Zinnwald.»

«Dann nix wie hin!», sagte Storch und trieb die Gäule an. Brav setzten sie Huf vor Huf. Doch mit einem Mal trat Trude zaghafter auf, beinahe zögerlich.

«Was hat sie denn?», fragte Lisbeth.

«Was soll schon sein?», entgegnete Storch und ließ die Riemen erneut kräftig auf die Pferderücken klatschen.

Da brach ein Sonnenstrahl durch die Wolken, und Lisbeth erkannte, dass das Funkeln auf dem Boden verändert war. Vor ihnen auf dem Weg sah sie nicht das tausendfache Glitzern der Schneekristalle, sondern nur eine einzige, grell spiegelnde Fläche.

«Eis!», rief Lisbeth aus.

Ganz langsam zunächst, doch dann immer schneller, rutschte das Fuhrwerk bergab. Die Hufe hämmerten, die Pferde warfen panisch die Köpfe und suchten im Gleiten Halt. Trude knickte mit der Hufe ein, um sich auf das Hinterteil zu setzen und die Beine vor der heranrasenden Pritsche zu schützen. Auch Egon ging in die Knie.

Lisbeth handelte geistesgegenwärtig: krabbelte über die Ladefläche und schwang sich, an die Klappe geklammert, aufs Eis hinab. Mit den Händen hielt sie sich fest, während sie ihre Stiefelabsätze in die gefrorene Oberfläche hackte, immer und immer wieder, so oft es ihre Kraft erlaubte, um die Pritsche zumindest ein wenig abzubremsen.

Vom Kutschbock her hörte Storch sie fluchen. Dann stießen sie mit einem dumpfen Geräusch an etwas Hartes. Zum Aufprall entfuhr ihm ein kehliger Schrei, so laut, dass er in den Wäldern widerhallte.

An der Seite hangelte sich Lisbeth um die Kutsche herum, um zu sehen, was passiert war. Immer noch musste sie sich festhalten, um nicht auf der Eisfläche auszugleiten.

Auf den ersten Blick schien alles harmlos. Das Fuhrwerk war zum Stehen gekommen. Die Pferde ließen die Köpfe hängen. Lisbeth wollte schon aufatmen, da sah sie genauer hin und gewahrte, dass der Wallach einen Hinterlauf entlastete. Die Fessel war eingeknickt, und ein dunkler Strom lief die Behaarung hinunter.

«Blut!», schrie Lisbeth.

Entsetzt starrte der alte Mann sie an. Auch er begriff jetzt, was passiert war. «Die Deichsel ist ihm in die Beine gekracht.»

Lisbeth löste sich von den Planken des Aufbaus, schlitterte zum Wegesrand und sammelte Schnee in ihre Hände. Skeptisch sah der Alte ihr dabei zu. «Was tust du da?»

«Schnee einsammeln.»

«Wozu?», fragte Storch.

«Wirst du schon sehen.» Sie stutzte, sah ihn an und fragte dann: «Kann ich deinen Schal haben?»

«Meinen Schal? Aber warum? Wenn du frierst ...»

«Egons Gelenk schwillt schon an. Wenn du dein Ziel erreichen willst, Storch, dann hilf mir!»

Stumm zog der Alte seinen Schal vom Hals und warf ihn Lisbeth zu. Geschickt fing sie ihn auf, wickelte ihn teils um ihr Handgelenk, teils breitete sie ihn neben Egons verletztem Bein aus und häufelte Schnee darauf. Als sie genug beisammenhatte, wickelte sie den vereisten Schal um die verletzte Hinterhand des Wallachs.

«Mit etwas Glück bleibt die Schwellung so schwach, dass Egon auftreten kann», sagte Lisbeth. Sie wickelte Lage um Lage, stopfte jedes Mal wieder Schnee hinein, bis der ganze Schal in eine Eisbandage verwandelt war. Dann stand sie auf und sah Storch an. «Wenn der Schnee geschmolzen ist, müssen wir neu binden. Aber ich denke, er wird laufen können.»

«Wie weit?»

Lisbeth zuckte mit den Schultern. «Ich weiß es nicht.»

Der Alte ließ einen Laut hören, als traue er Lisbeths Heilkünsten nicht. Wie sollte er auch? Auf die Weisheit eines Kindes hoffen, das vielleicht noch niemals eine Schule von innen gesehen hatte?

Lisbeth stand auf, trat einen Schritt zurück und rieb sich die Hände. «Treib sie mal an.»

Storch rührte sich nicht. Schloss die Fäuste nur fester um die Riemen.

«Probier es!», forderte sie ihn auf.

«Das ist doch lächerlich», sagte Storch.

«Nun hab doch Vertrauen!»

Zornig ließ der alte Mann die Riemen auf die Pferderücken klatschen. «Lauft, ihr Runkelrüben, sonst führ ich euch zum Abdecker!»

Doch die Gäule standen mit hängenden Köpfen, als wollten sie keinen Schritt mehr tun. Da zog Storch die Peitsche aus der Halterung.

«So doch nicht!», schrie Lisbeth entsetzt.

«Willst du mir Ratschläge geben?» Er hatte die Peitsche zum Schlag erhoben. Im letzten Moment überlegte er es sich und ließ sie wieder sinken. Lisbeth sah, wie ihn die Niederlage zermürbte. Aber seine Verzweiflung konnte sie jetzt nicht gelten lassen. Sie musste zum Vater!

Lisbeth ging um das Fuhrwerk herum zur scheinbar unverletzten Stute, bog ihren Kopf so weit herunter, dass sie ihr ins Auge sehen konnte, und flüsterte in ihr Ohr: «Los, Trude, altes Mädchen, lauf schon! Lass uns nicht im Stich.»

Die Stute schnaubte zur Antwort.

Dann ging Lisbeth wieder hinüber zu Egon.

«Lass uns nicht im Stich, mein Freund, auch wenn es weh tut! Du wirst es schaffen, ich weiß es.»

Wie zur Probe ließ Storch da die Riemen auf Trudes Rücken fallen – und die Stute zog an. Egon tat es ihr gleich. Lisbeth führte ihn und streichelte dabei seinen Hals. Sie sah, dass er sich nicht getraute, die Hufe fest aufzusetzen. Auch Trude zögerte, denn der Untergrund war immer noch eisig. Da rannte Lisbeth in den nahen Wald und klaubte zwei Hände voll trockener Lärchen- und Kiefernnadeln vom Waldboden, die sie den Gäulen vor die Hufe streute.

Und tatsächlich, während die Stute die ersten Schritte fest, Egon sie aber noch sehr vorsichtig setzte und bei jedem Auftreten mit dem verletzten Bein nachgab, ging es allmählich besser. Unermüdlich rannte Lisbeth zwischen Wald und Weg hin und her, streute Nadeln, Erde, Steine. Auch Egon griff nun beherzter aus. Die Glätte des Bodens ließ nach, und der Weg wurde sicherer. Lisbeth zog den Wallach, der Wallach legte sich ins Kummet, und das Kummet zog das Fuhrwerk.

Mit fester Stimme forderte Lisbeth den Alten auf, ihr Platz zu machen. Dann sprang sie auf den Bock und nahm ihm mit der größten Selbstverständlichkeit die Riemen aus der Hand.

Nachdenklich betrachtete Storch sie von der Seite. «Was hat dein Beten nun geholfen?», grummelte er.

Lisbeths Gesicht bekam einen Ausdruck, den der Alte ihr nicht zugetraut hätte: selbstbewusst, beinahe hochmütig.

«Was weißt du denn schon, alter Mann! Das hätte übler ausgehen können. Viel übler!»

Ein jeder auf seine Art beleidigt, ließen sie sich erneut von der Stille der Landschaft schlucken. Der Schnee dämpfte jedes Geräusch. Nur wenn man ganz genau hinhörte, erahnte man das leise Knirschen, das entstand, wenn eine Schneeflocke auf die andere sank und sie sich ineinander verhakten. Je höher sich das Weiß türmte, desto grantiger wurde das Gesicht des Mannes.

Auf der Miene des Mädchens hatte sich längst größte Besorgnis breitgemacht. «Es hat keinen Sinn, wir kommen so nicht weiter! Es schneit zu sehr», rief sie aus. «Und Egon lahmt immer schlimmer!»

«Ach was.» Der Ausdruck des Alten wurde noch grimmiger.

«Und die Dunkelheit? Sie wird kommen! In zwei Stunden setzt die Dämmerung ein. Was können wir gegen die Nacht ausrichten?»

Storchs Kiefer mahlten wie Mühlsteine. «Es hilft nichts. Ich muss hinauf.»

Lisbeth nickte. «Ich auch.»

Sie hatten dasselbe Ziel. Doch keiner von beiden wusste, wie es zu erreichen war.

«Was also?», fragte der Alte schließlich und sah Lisbeth an, als das eigene Grübeln ihm keinen Ausweg wies.

«Wir brauchen einen Schlitten. Am besten einen einspännigen, dann können wir Egon zurücklassen.»

«Einen Schlitten, ja», sagte Storch lakonisch und betastete seinen Mantel. «Lass mal schauen, vielleicht habe ich einen in der Tasche!»

Lisbeth überhörte den Hohn. «Hier liegen Dutzende Gehöfte am Wegesrand», sagte sie beherzt. «Jemand wird uns aushelfen können.»

«Wir können doch nicht einfach in die Stube wildfremder Menschen spazieren und nach einem Schlitten fragen.»

«Wieso nicht?»

«Weil sie uns keinen geben werden.»

«Und warum nicht?»

Storch stieß Luft durch die Nase. «Niemand würde das tun.»

«Du, alter Mann, du würdest das vielleicht nicht tun», rutschte es Lisbeth heraus.

Storch stutzte. So eine Unverschämtheit! Schon wollte er eine spitze Bemerkung zurückschleudern, unterließ es dann aber und starrte geradeaus.

Lisbeth räusperte sich und wies zaghaft auf ein kleines Gehöft am Waldsaum. «Schau, alter Mann, da wohnen Menschen, da fragen wir nach einem Schlitten.»

Je näher sie kamen, desto sicherer war Storch, dass Lisbeths Plan scheitern musste. Es war ein armer Leute Hof. Das Dach und die Wetterseite mit Holzschindeln gedeckt, die Fensterläden schief in den Angeln. Einige der Rahmen waren nicht verglast, sondern mit Holz gefüllt. Wie sollten ihnen diese armen Bauern, die selbst nichts hatten, weiterhelfen können?

Bevor er der Schwelle nah genug war, um zu klopfen, gefror er zu einem Eisklumpen.

«Was ist?», fragte ihn Lisbeth.

«Ich kann nicht», sagte er.

«Was kannst du nicht?»

Lange sah Storch sie an. «Ich kann nicht bitten», sagte er. «Ich habe vergessen, wie das geht.»

Das Mädchen zog eine ungläubige Miene. «Aber das ist doch nicht schwer.» Und zum Beweis ging sie zur Tür und öffnete sie.

«Was tust du da?», rief er, doch Lisbeth war schon eingetreten.

Der Alte besann sich kurz, dann beeilte er sich, ihr zu folgen.

«Hallo?», rief Lisbeth in den verwaisten Flur hinein.

Storch war augenblicklich betäubt von den Düften, die ihm entgegenströmten: Braten, Tanne, Vanille, Zimt, Kraut und Gänsefett und ein Hauch von Festlichkeit, deren Zusammensetzung Storch nicht näher ergründen konnte. Aber er war sich sicher, es roch so sehr nach Weihnachten, dass es ihn erschreckte.

Als er sich an das Halbdunkel gewöhnt hatte, hingen schon drei Kinder an Lisbeth, die das Mädchen bald hierhin, bald dorthin ziehen wollten.

Und dann stand ein Mann mittleren Alters vor ihnen, ein wenig stoppelbärtig am Kinn, ein wenig kahl am Haupt. Seine Hände waren das Zupacken gewohnt und der Bauch kräftiges Essen sowie sicherlich auch ein Bier am Abend. «Glück auf! Was führt euch zu mir? Am Festtag des Herrn?»

Storch hätte sich am liebsten umgedreht und wäre aus der Stube gerannt. Seine Beine zitterten, so fehl am Platz fühlte er sich.

Doch Lisbeth war nicht auf den Mund gefallen. Und ein Gefühl für Dramatik hatte sie auch. «Wir brauchen einen Schlitten, Herr! Sonst sind wir verloren!»

Die Augenbrauen des Bauern wanderten hoch in die Stirn, während Lisbeth versuchte, jedem der Kinder, die um sie kämpften, einen Finger zu reichen.

«Dieser vornehme Herr aus Dresden», Lisbeth machte eine Kopfbewegung hinüber zu Storch, der wie zur Vogelscheuche erstarrt im Flur stand, «muss noch vor Einbruch der Dunkelheit nach Zinnwald. Und ich zu meinem Vater! Und zu den Geschwistern. Meine Familie braucht mich, Herr.» Sie schlug den Blick nieder, um die Trauer darin zu verbergen.

Der Bauer musterte die Hilfesuchenden mit prüfendem Blick. Dann wandte er sich an Lisbeth: «Du hast Familie in Zinnwald?»

«Und in Geising», ergänzte Lisbeth stolz.

Der Bauer zog eine ernste Miene. «Hast du von dem Unglück gehört?»

Lisbeth war, als hätte ihr eine Faust in die Magengrube geschlagen. «Welches Unglück?»

Der Dörfler zögerte. «Man sagt, es habe einen Bergsturz gegeben, im Stollen. Nach einer Sprengung.»

Vor Entsetzen stand Lisbeth der Mund offen. «Heute? Am Heiligen Abend? Das kann doch nicht sein!»

Der Bauer nickte betroffen. «Der Berg fragt nicht nach Festen.»

Mit schreckensweiten Augen sah jetzt auch Storch auf Lisbeth. Die versteckte ihr Gesicht in den Händen.

«Sicherlich nur ein Gerücht», sprang er ihr bei. «Und Gerüchte übertreiben.»

«Ich muss heim, so schnell es geht», sagte Lisbeth schließlich. «Ein Kinderschlitten würde reichen. Bitte, Herr! Wir haben nur eine einzige Kiste zu transportieren.»

«Ihr wollt wirklich den Erzgebirgskamm hinauf? Bei dem Schneetreiben?»

«Wir müssen!», bekräftigte Lisbeth.

Der Dörfler nickte, als sei ihm das Kinn schwer. «Folgt mir», sagte er dann.

Im Hinausgehen warf er sich eine Fellweste über. Den Strickpullover, den er darunter trug, zierten große Löcher. Storch und Lisbeth folgten ihm zu einer Scheune, deren Bretterwände löchrig wie sein Pullover waren.

Der Dörfler schob das Tor auf. Es schabte über den gefrorenen Boden. Damit es sich aufschwenken ließ, musste er es anheben. Dann trat er ins Dunkel, wo er einen großen, rostigen Nagel wusste. Von dem angelte er eine Laterne und entzündete sie.

Als sich ihre Augen an das Halbdunkel gewöhnt hatten, ließen sie alle drei die Blicke durch den Raum schweifen. Weit kamen sie nicht, denn überall stapelte sich Gerümpel. Gebrochene Wagenräder, verrostete Sensenklingen, zerkloppte Dreschflegel standen, lagen und hingen herum.

Obwohl es scheinbar keinen Weg hindurch gab, fand der Dörfler einen; Lisbeth und Storch stakten hinterher und wunderten sich, dass sie sich nirgendwo verhakten. Sie folgten dem Bauern zum Fuß einer Stiege, die auf einen Zwischenboden führte. Winkend bedeutete er ihnen, ihm zu folgen. Gemeinsam kletterten sie hinauf, Schritt für Schritt. Und als sie auf halber Höhe waren, erblickte Storch etwas, das seinen Mut hob: Über allem Gerümpel und unter alten, gebundenen Weizengarben hing, eingewoben in Spinnennetze, ein Gefährt, das, wäre es der Wagen gewesen, der die Sonne über den Himmel zog, Storch nicht schöner hätte erscheinen können.

«Freilich, er ist alt, aber er taugt noch.» Der Bauer hatte das Ende einer Kette ergriffen. Und während er sie von einem Haken wickelte, rasselte das alte Gefährt aus dem Scheunengiebel herunter, bis sie es von allen Seiten begutachten konnten.

Es war kein Lasten-, sondern ein Personenschlitten. Die Polster waren mit grünem Samt bezogen, der durch eine dicke Staubschicht schimmerte. Man steuerte ihn von einem schmalen Bock mit filigranem, schmiedeeisernem Geländer aus. Dessen Haltestreben endeten in Adlern, die die Flügel wie im Sturzflug eng an den Körper gelegt hatten. Sie umgaben den Schlitten mit einer kämpferischen Aura. So etwas konnten sie gut gebrauchen, fand Lisbeth.

Gegen Schnee und Fahrtwind schützte ein Tritt aus Brettern. Die Polsterkissen waren löchrig. Dahinter nahmen, in etwas niedrigerer Position, die Passagiere Platz. Die Seitenwände waren aus dünnem Holzpaneel, hell und mit Lack überzogen. Die Form des

Aufbaus war bauchig und lief in geschwungenen, verzierten Geländern aus, die ebenfalls aus elegantem Schmiedeeisen gefertigt waren. Die Polster für die Passagiere allerdings waren in noch schlechterem Zustand als die des Bocks: zerrissen oder von Motten zerfressen – wer mochte das entscheiden? Die Füllung quoll an manchen Stellen heraus.

«Auf denen kann niemand mehr sitzen», gab der Bauer kleinlaut zu.

«Das macht nichts», fiel Lisbeth ein, «da stellen wir die Kiste hin.»

Storch nickte. «Wir beiden halben Personen werden wohl auf dem Kutschbock Platz finden.»

Der Bauer sah von einem zum anderen und nickte. Storch war trotz seiner Größe sehr hager.

Lisbeth klatschte vor Freude in die Hände, und der Alte entdeckte ein Leuchten in ihrem Blick, das ihm Zuversicht gab.

Die schwieligen Pranken des Dörflers glitten über die Schlittenkufen. Dann hob er die Laterne, um sie besser betrachten zu können. Die Kufen waren mit rotem Staub bedeckt: Rost.

«Ohne Fett wird das nichts», stellte er fest.

«Ach, es wird schon gehen. Meine Kaltblüter sind Kummer gewöhnt», behauptete Storch erstaunlich wagemutig.

«Na, dann packen wir mal an!», sagte der Bauer und begann, alte Milchkannen und Wagenräder beiseitezuräumen, damit die Kufen ebenen Halt fanden. Wieder gab die Kette rasselnd nach, und der Schlitten schwebte hinab, bis er auf den Dielen des Zwischenbodens zu stehen kam.

Während Lisbeth ihnen leuchtete, machten sich die Männer daran, das Fahrzeug mit bloßen Händen die schmale Stiege und das letzte Stück hinunterzutragen. Schweiß stand ihnen auf der Stirn, obwohl es in der Scheune nicht wärmer war als draußen.

Und als der Schlitten endlich wohlbehalten auf dem Lehmboden gelandet war, stand die Frau des Bauern im Tor, die Fäuste in den Hüften. «Hier steckst du also – ich suche dich überall! Was treibst du denn da, während ich die Gören und das Viehzeug bändige?»

«Der Herr hier – wie war doch gleich Ihr Name?»

«Vincent Storch, Madame», stellte sich der Alte formvollendet mit einer Verbeugung vor. «Storch & Storch & Compagnie.»

«Herr Storch benötigt unsere Hilfe.»

«Was gehen mich die Störche an? Wir haben genug Kinder!»

«Storch & Storch & Compagnie verschönert das schönste Fest des Jahres», sagte Storch schmeichelnd. «Weihnachten ist unsere Bestimmung.»

Lisbeth warf ihm einen erstaunten Seitenblick zu. Diese säuselnde Seite seines Wesens hatte er bislang gut vor ihr verborgen.

«Ach. Dann kommen Sie doch mit in die Küche und helfen mir beim Rübenputzen.»

Storch blieb der Mund offen stehen. Der Blick der Bäuerin wanderte zu Lisbeth, und als sie das Mädchen sah, war ihr Missmut schon halb verflogen.

«Wer bist denn du?», fragte sie freundlicher.

«Ich bin Lisbeth», sagte sie, «und das ist mein Großvater!»

Zum Glück fiel der Schein der Laterne in diesem Moment nicht auf Storchs Gesicht. Denn allzu deutlich hätten die Bauersleute dort eine unbeschreibliche Mischung aus Rührung und Verärgerung wahrgenommen. Doch stellten sie keine weiteren Fragen, und das beschwichtigte Storch. Also unternahm er nichts, Lisbeths Behauptung ins rechte Licht zu rücken.

«Treibt, was ihr wollt», sagte die Bäuerin. «Aber sag mir doch, Herrmann, wo im Keller du die Rote Bete vergraben hast, sonst kann ich heut Abend kein Neunerlei servieren. Dann droht ein Jahr Pech!»

Der Bauer entschuldigte sich und folgte seiner Frau in den Keller. Storch und Lisbeth standen um den Schlitten herum.

«Was ist denn dieses Neunerlei?», fragte Storch.

«Himmelherrgott, wisst ihr in der Stadt denn gar nichts von den Sitten im Gebirge?», lachte Lisbeth ihm ins Gesicht.

Storch hob die Schultern.

«Am Heiligen Abend werden neun Gerichte serviert», erklärte das Mädchen geduldig. «Sie sollen Glück und Wohlstand fürs neue

Jahr bringen. Es müssen genau neun sein, und man muss sie ganz und gar aufessen. Sonst tritt das Gegenteil von Glück und Wohlstand ein.»

«Neun Gerichte? Wie soll man das denn schaffen?»

«Es sind kleine Tiegel, und alles schmeckt ganz herrlich.» Lisbeths Magen knurrte beim Gedanken an das Festessen. Sie schloss die Augen und schwelgte in ihren Erinnerungen: «Es ist Gans dabei und Weißkraut, Semmelmilch mit Nüssen, ein Linsengericht und Bratwurst …»

«Und Rote Bete», ergänzte der Bauer, der gerade wieder zur Tür hereinkam. «Wir haben sie gefunden. Zum Glück! Denn ohne Rote Bete bleibt man ein Jahr lang ohne Gesundheit und gutes Korn.»

Der Bauer war nun umgeben von einer Kinderschar, die ihm offenbar vom Haus her gefolgt war. Und kaum entdeckten die Kinder den Schlitten auf dem Scheunenboden, hatten sie bereits die löchrigen Polster erklettert. Sie trugen geflickte Schals und abgewetzte Jacken. Alles auf diesem Hof schien geflickt und abgewetzt. Doch die Herzen trugen die Bauersleute am rechten Fleck, das musste sogar Storch sehen.

Der Dörfler wollte den Schlitten, bevölkert von seinen Kindern, anschieben. Doch mit bloßen Händen ließ er sich kaum von der Stelle bewegen. «So kommt ihr nie nach Zinnwald! Euer Gaul wird schnell ermüden.»

Kaum hatte er das ausgesprochen, kam die Bäuerin wieder aus dem Haus. In der Hand hielt sie einen Tiegel Gänseschmalz –

noch warm, denn das Fett war eben noch von der Gans getropft. Sie scheuchte die Kinder von den Polstern und hieß die Männer, den Schlitten auf die Seite zu legen. Dann griff sie beherzt in den Tiegel und verteilte das Fett auf den Kufen. Nicht lang, und ihre Hände, ja selbst die Stirn und Wangen waren braun vom Rost. Schließlich griff auch ihr Mann ins Fett, dann Storch und am Ende sogar Lisbeth. Bald blitzten die Kufen wie das Zinnerz im Stollen. Und als sie zum ersten Mal – seit wie vielen Jahren wohl? – über den Schnee schabten, hinterließen sie rote Streifen. Doch glitt es nun viel besser dahin.

Mit glühenden Wangen und rostroten Händen betrachteten alle das Gefährt, das immer noch einen wenig ermutigenden Eindruck machte. Da fiel dem Dörfler auf: «Die Deichsel, wir brauchen noch die Deichsel!»

«Und einen Strick, damit ich Egon hinten anbinden kann», ergänzte Storch.

Der Bauer zog die Stirn kraus und maß Storch von Kopf bis Fuß. «Lassen Sie das verletzte Pferd einfach bei uns zurück, Herr! Es hindert euch nur. Wir werden gut für Egon sorgen, bis Sie zurück sind.»

Lisbeth sah zu Storch auf. Der innere Kampf, das Pferd in wildfremde Hände zu geben, war seinem Mienenspiel abzulesen.

«Gut», sagte er endlich und gab den Wallach in die Hände des Bauern. «Vielen Dank auch.»

«Dann ist das ja geklärt», sagte die Bäuerin. «Und bevor ihr aufbrecht, wird erst einmal gegessen. Lasst Herrmann sich um das Aufschirren und Anspannen kümmern.»

«Ach, wissen Sie, eigentlich ...», setzte Storch an. Dann unterdrückte er einen Schmerzensschrei, denn Lisbeth hatte ihm auf den Fuß getreten.

«Aber natürlich, gern», korrigierte sie ihn. «Wir sind hungrig wie die Löwen.»

Im Haus schienen sich die Essensdüfte noch vermehrt zu haben. Auf dem großen Tisch der Stube war alles für das Festmahl gerichtet, und in der Küche türmten sich Töpfe und Tiegel. In einem Kessel blubberte ein Linseneintopf. Darin schwammen fette Mettwürste. Lisbeth und Storch bekamen große Augen. «Das Neunerlei darf ich erst nach dem Kirchgang anbieten. Aber einen Teller Linsensuppe mit Wurst hab ich für euch, wenn's recht ist.»

Das ließen sich Lisbeth und Storch nicht zweimal sagen. Sie nahmen auf der Ofenbank Platz und erhielten jeder einen Tiegel.

«Woher kommst du, Mädel?», fragte die Bäuerin.

Lisbeth sagte etwas wie «Schmeisnigrmmpf».

Die Bäuerin lachte laut heraus. «Von dem Ort habe ich noch nie gehört. Ist das weit von hier?»

Lisbeth schüttelte den Kopf.

«Aus Geising kommt sie», erklärte Storch. Er hatte seine Linsen noch nicht angerührt.

Die Miene der Bäuerin verdunkelte sich. «Hast du von dem Unglück gehört, das die Bergleute getroffen hat?»

Lisbeth sah zu ihr auf und nickte. Doch ihre Backen waren schon wieder voll, was sollte sie da sagen? Sie hoffte einfach, dass es ihren Vater nicht getroffen hatte.

«Es wird schon nicht so schlimm sein, wie die Leute reden», sagte die Bäuerin, als hätte sie Lisbeths Gedanken erraten. «In den Mündern der Dörfler wird schließlich jedes Holzscheit zum Wald aufgeblasen.» Doch das Seufzen, mit dem sie den Satz beendete, stellte ihre Worte gleich wieder in Frage.

Lisbeth löffelte und stierte in den Eintopf. Dass die Kinder sich nach und nach zu ihr auf die Bank drängten und neben ihr tollten, die Mutigsten von ihnen sie auch knufften und pufften, konnte sie nicht aus der Ruhe bringen.

Die Bäuerin sah ihr beim Löffeln zu und lächelte. «Ihr seid ja wirklich ausgehungert!»

«Wie lange brauchen wir noch bis Zinnwald?», fragte der Alte, dessen Mund immer noch leer war.

Die Bauersfrau überlegte. «Mit dem Schlitten? Drei Stunden wohl. Wenn der Weg nicht allzu verschneit ist.»

«Drei Stunden», ächzte Storch.

«Das ist doch zu schaffen», sagte Lisbeth, die Hoffnung schöpfte, noch am Abend ihre Familie zu sehen.

«Es kommt darauf an, wie ausgeruht euer Pferd ist», fügte die Bäuerin hinzu. Sie war wachsam genug, Lisbeths enttäuschte Reaktion zu bemerken. «Wir würden euch gern ein frisches Pferd mitgeben, glaub mir. Aber wir haben nur Ziegen und Schafe. Nicht mal eine Kuh!»

Storch sah die Bäuerin überrascht an. Mit so viel Gastfreundschaft hatte er wohl nicht gerechnet, dachte Lisbeth.

Bevor sie hinausgingen, schaute Storch noch einmal zur Stube hinein, die nur durch den großen Ofen und eine halbhohe Wand von der Küche getrennt war. Tannenzweige bedeckten den festlich gedeckten Tisch, Talglichter brannten, Räuchermännlein sorgten für ein festliches Aroma.

Storch zählte vierzehn Gedecke. «Sie haben zwölf Kinder?», fragte er die Bäuerin.

Die schüttelte den Kopf. «Elf. Das macht dreizehn mit uns. Aber die Zahl bringt Unglück. Deshalb haben wir ein Gedeck mehr aufgetischt. Falls sich ein unerwarteter Gast einstellt.»

«Oder zwei», grinste Lisbeth.

Die Bäuerin lächelte. «Dann müssten wir noch eins hinstellen. Die Zahl darf nicht ungerade sein.»

«Aberglaube!» Storch schüttelte den Kopf. Und fing sich diesmal einen Tritt gegen sein Schienbein ein. Nicht einmal ein unterdrückter Schmerzensschrei entfuhr ihm. Er schien bereits daran gewöhnt.

Als sie mit gefülltem Bauch und gewärmten Gliedern auf den Hof traten, war Trude schon eingespannt. Egon hatte der Bauer in die Scheune gebracht, wo der Wallach zufrieden kaute. Der Dörfler hatte ihm etwas Stroh auf den Scheunenboden gestreut und Heu in eine Raufe gefüllt.

Vor der Scheune gab er Storch die Zügel in die Hand. Mit einem Kopfnicken wies er auf Trude. «Die Stute ist wieder zu Kräften gekommen. Ich habe noch etwas Hafer gefunden.»

Lisbeth nahm bereits auf dem Schlitten Platz. Der Alte verzurrte die Kiste auf der Passagierbank, dann ergriff er die Riemen und stieg ebenfalls auf den Bock.

«Ich wünsch euch Glück!», sagte der Bauer zum Abschied. Dann stutzte er. Eine Frage formte sich auf seinen Lippen: «Was bringt ihr denn da rauf nach Zinnwald? Muss ja ziemlich dringend sein.»

Lisbeth spitzte die Ohren.

«Weihnachten», sagte Storch bloß wieder.

Der Bauer nahm die speckige Mütze vom Kopf, um sich die Stirn zu kratzen. «Das wird natürlich höchste Zeit.»

Die Kufen schliffen durch den Schnee. In Hörweite plätscherte der Gebirgsfluss. Mal schlängelte er sich friedlich durch die Auen, dann wieder wild über felsige Stromschnellen und durch Felsstürze. Höher und höher kamen sie, und die Flocken landeten mit stoischer Regelmäßigkeit auf ihren Gesichtern. Doch schwerer noch als der Schnee sank nun die Dämmerung über Hügel und Hänge.

«Woran denkst du?», fragte Lisbeth da, um das Schweigen zu brechen.

Storch konnte nicht antworten. Wohl hätte er eine Antwort gewusst, doch er getraute sich nicht, es ihr zu sagen. Stattdessen sagte er: «Ich bin nicht dein Großvater.»

«Das weiß ich wohl, alter Mann.»

«Warum hast du es dann gesagt?»

Lisbeth überlegte. «Es war eine Antwort, die den Bauersleuten einleuchtete. Was hätte ich sagen sollen: meine Mitfahrgelegenheit?»

«Das wäre wenigstens keine Lüge gewesen.»

Das Mädchen schnaubte heftig, beinahe in storchischer Manier, sodass die Wölkchen für einen kurzen Moment vor ihren Nasenflügeln standen. Dann sank sie in sich zusammen und fügte leise hinzu: «Vielleicht habe ich einfach Angst davor, keine Familie mehr zu haben. Keinen Vater, keine Mutter.»

«Ach was, so schlimm wird es nicht kommen», sagte der Alte.

Lisbeth schluckte ihre Tränen hinunter und sah ihn an. «Bist du denn ein Vater? Hast du Kinder?»

Der Alte schwieg.

«Sag, hast du Kinder? Eine Tochter? Einen Sohn?»

Der Alte biss die Zähne zusammen, und Lisbeth spürte, dass es besser war, nicht weiter nachzubohren.

«Wie meintest du das denn: dass Weihnachten in der Kiste ist?»

«So, wie ich es gesagt habe.»

«Bist du, alter Mann, am Ende der Weihnachtsmann?»

Storch musste lachen. «Nein. Der bin ich nicht. Eher wohl das Gegenteil.»

«Und das Gegenteil vom Weihnachtsmann ist …?»

«Knecht Ruprecht?» Der Alte schmunzelte.

Lisbeth legte einen Finger an die Lippen und dachte weiter laut nach. «Weihnachtslieder kannst du ja nicht in der Kiste haben. Die muss man nicht transportieren …»

«Es hat eher mit dem Weihnachtsgefühl zu tun.»

«Aber, Herr Storch und Compagnie, Gefühle kann man auch nicht transportieren …»

«Manchmal schon», sagte der Alte verschmitzt.

«Ich weiß es: ein Nussknacker!», schrie Lisbeth da, denn das war der weihnachtlichste Gegenstand, der ihr einfiel.

Storch lachte. «Nein, kein Nussknacker. Das bin ich selbst.» Zum Beweis ließ er seine Zähne aufeinanderkrachen.

Lisbeth wäre vor Lachen beinahe vom Bock gestürzt. Im letzten Moment konnte sie sich an der schmiedeeisernen Strebe mit den sturzfliegenden Adlern festhalten.

Als sie wieder sicher auf ihrem Platz saß, schaute sie den Alten von der Seite an. Dann sagte sie erstaunt: «Du kannst ja nett sein!»

«Findest du?», fragte Storch und zog ein extra griesgrämiges Gesicht.

«Ja», sagte Lisbeth und nickte mit Nachdruck.

«Hm», machte er da und lächelte verstohlen.

«Soll ich den Schlitten lenken?», getraute sich Lisbeth zu fragen. «Du siehst schon ganz steifgefroren aus.»

Obwohl Storch Fellhandschuhe trug, froren seine Finger tatsächlich. Wortlos reichte er dem Mädchen die Riemen. Und Lisbeth nahm sie mit ernstem Blick.

Eine Zeitlang trottete Trude den Weg entlang. Ihr Schnauben war, neben dem Rauschen des Windes in den Baumkronen, das einzige Geräusch. Lisbeth lenkte das Pferd mit sicherer Hand. Immer öfter blickte Storch mit Bewunderung auf das Kind. Sie war tüchtiger – das musste er zugeben – als mancher Erwachsene!

«Du musst keine Angst vor dem Alleinsein haben», sagte er unvermittelt.

Sie warf ihm einen wütenden Blick zu: «Was redest du da? Ich habe Geschwister. Ich bin niemals allein.»

«Ich meine nur …» Er rang mit den Worten. «Ach was, lass gut sein.»

«Was?», griff das Mädchen nach.

Storch gab sich einen Ruck. «Na, weil du so erwachsen wirkst. Als bräuchtest du niemanden.»

Lisbeths Blick verschleierte sich. «Aber ich brauche meine Familie», rief sie aus, und in ihrer Stimme lagen Verzweiflung und Wut. «Im Gegensatz zu dir.»

Storch sah sie verwundert an. Dann sagte er: «Ich habe keine Familie.»

«Natürlich hast du eine», behauptete Lisbeth.

«Wie kommst du darauf?»

«Weil da noch ein Storch auf der Kiste steht. ‹Storch & Storch› steht da doch.»

«Ach, das.» Der Alte biss die Zähne zusammen. «Das hat nichts zu bedeuten.»

Lisbeth zog die Nase hoch. Ihre Miene versteinerte. Schließlich konnte sie den Tränen keinen Widerstand mehr leisten.

«Mag sein, dass du keine Familie brauchst. Aber ich, ich habe eine, und ich bin nicht allein», rief sie schließlich und warf Storch die Zügel in den Schoß. Die Tränen flossen in einem Strom. Storch wollte ihr etwas Tröstendes sagen, doch die Heftigkeit des Gefühlsausbruchs machte ihn sprachlos.

«Sie hat mich fortgeschickt», stammelte Lisbeth. «Ich sollte ihr helfen, und sie hat mich …» Ihre Stimme erstickte.

«Wer denn?», fragte Storch.

«Meine Mutter.» Lisbeth schluchzte auf, nachdem sie es ausgesprochen hatte.

Storch wartete, bis das Mädchen sich beruhigt hatte. Nun entdeckte er plötzlich all die Traurigkeit, die sie unter ihrem Tatendrang versteckt gehalten hatte. «Was ist mit deiner Mutter? Wieso hat sie dich fortgeschickt?», fragte er vorsichtig.

«Sie wollte, dass ich mich um Vater kümmere. Und um meine Geschwister. Dabei stand es sehr schlimm um sie, und … ich mache mir solche Sorgen!» Die letzten Worte hatte sie fast herausgeschrien.

«Um wen sorgst du dich?», fragte Storch. «Um deine Mutter oder um deine Geschwister?» Er wurde nicht klug aus den Schilderungen des Mädchens.

«Um alle!», rief Lisbeth aus.

«Und wieso?», fragte Storch. «Ist denn nicht nur dein Vater …?» Er verzichtete auf die zweite Hälfte des Satzes.

Das Mädchen atmete tief durch. Sie versuchte, sich zu sammeln. Zuverlässig zog die Stute mit gesenktem Kopf ihre Bahn. Lisbeths Blick verlor sich in der Ferne, weit fort vom Kutschbock.

«Ich verließ sie», begann sie zu erzählen, «in der zwanzigsten Stunde des Kreißens.»

«Deine Mutter erwartete ein Kind?», fragte Storch mit großen Augen.

Lisbeth nickte. «Jetzt ist es bestimmt schon auf der Welt.»

«Du hast sie unter der Geburt zurückgelassen?»

Storch sah, wie sich Lisbeths Augen gleich wieder mit Tränen füllten – und bereute seine Frage sofort.

«So viele Stunden hat sie sich abgemüht, geschrien und gejammert, nie werde ich das vergessen. Und dann …»

«Und dann?»

«Dann hab ich sie nach Dresden gebracht. Das Kind wollte nicht kommen, der Doktor war nicht da. In unserer kleinen Stadt gibt es ja keinen, er kommt von weit her, über die Berge. Also musste ich sie nach Dresden bringen.»

«Du? Du hast deine Mutter in die Stadt gebracht? Aber du bist doch noch ein Kind!»

Lisbeth hob ihre Hände. Jetzt erst sah Storch die Schwielen daran – und rote Striemen.

«Und wennschon», sagte sie. «So ist das im Gebirge. Ich kann Pferde aufzäumen und striegeln. An- und ausspannen. Den Ofen anheizen und wieder ausaschen. Kaninchen schlachten und ausnehmen, die Treppe scheuern, die Wäsche bleichen. Das alles kann ich.»

«Donnerwetter! Das ist viel mehr, als ich kann.» Storch lächelte. Dann wurde er wieder ernst. «Und wo ist deine Mutter jetzt?»

«Sie lebt», sagte Lisbeth und fügte dann kleinlaut hinzu: «Das hoffe ich wenigstens. Sie hatte Glück und Gottes Gnade.»

«Was war das Glück?»

«Dass das Automobil des Minenbesitzers vom Berg gefahren kam. Und wie es der Zufall wollte, wollte er in die Stadt. Das war Gottes Fügung.»

Storch schnaubte. «Als wenn Gott die Zeit hätte, sich um Geising zu kümmern!»

«Gott ist überall», sagte Lisbeth im Brustton der Überzeugung.

Der Alte nickte. «Ihr habt euch also in Dresden getrennt?», stellte er dann fest.

«Ja. Als Mutter in Sicherheit war. Bei den Diakonissen. Bei einem Arzt im weißen Kittel und mit einer Brille.» Lisbeth formte mit ihren Fingern ein Brillengestell vor dem Gesicht. «So sah die aus.»

«Und warum wollte deine Mutter, dass du nach Hause zurückkehrst, anstatt bei ihr zu bleiben?»

«Ich bin die Älteste. Meine nächste Schwester, Hedwig, ist erst acht Jahre alt. Mein Vater ist Bergmann. Er muss einfahren. Dann sind meine Geschwister allein.»

«Deine achtjährige Schwester ist nun allein? Mit wie vielen kleineren?»

«Mit dreien», antwortete Lisbeth und senkte den Kopf. «Deshalb hat Mutter mich zurückgeschickt.»

«Bei euch herrscht wirklich Mittelalter», murmelte Storch.

«Mittelalter? Was ist das?»

Der Alte winkte ab. «Eine üble, längst vergangene Zeit. Aber wenn ich dich so höre, scheint sie noch nicht überall vorbei zu sein.» Er schüttelte den Kopf. «Wenn ein Mädchen wie du sowohl für seine Geschwister als auch für seine Eltern sorgen muss …»

«Es ging nicht anders, Herr! Was hätte meine Mutter denn tun sollen? Sie hatte Furcht um ihr Leben. Das Kind wollte einfach nicht kommen. Meine Mutter hat fünf Geburten überstanden. Sie weiß, was sie tut. Und wenn sie sagt, dass es nicht mehr geht, dann geht es nicht mehr.» Lisbeth zog eine sehr weise Miene und verkündete: «Manche Kinder kommen von allein zur Welt, andere müssen geholt werden. So ist das eben.»

Storch nickte. Seine Miene wurde hart und verschlossen. «Und manche gehen fort, kaum dass man sie großgezogen hat …»

In diesem Moment konnte Lisbeth sehr weit in sein Herz schauen. Storch wandte sich ab und starrte auf den Weg, der immer tiefer im Schnee versank. Zum Glück flankierten ihn Holzstangen, die man hier im Gebirge vorsorglich aufstellte, noch bevor der erste Schnee fiel. Und zum Glück schien der Mond so hell, dass man die Stangen auch sah.

«Woran denkst du, alter Mann?», fragte Lisbeth.

«An gar nichts», sagte er brüsk. Dann fiel er sich selbst ins Wort: «Ach was. Manchmal kann man eben nicht aus seiner Haut.»

Lisbeth sah ihn an. «Redest du vom zweiten Storch?» Und dann flüsterte sie vor sich hin, was sie längst ahnte: «Du hast einen Sohn. Das ist der zweite Storch auf der Kiste.»

Der erste Storch gab keine Antwort. Aber seine Fingerknöchel waren weiß, so sehr krampfte er die Fäuste um die Riemen.

Der Schlitten glitt gut im Schnee dahin, und die Wolken waren wie vom Himmel gefegt. So hell und klar das im Licht des vollen Mondes möglich war, lag der Weg vor ihnen. Lisbeth beobachtete Storch von der Seite. Die Wogen der Wut hatten sich geglättet, sein Gesicht wirkte viel entspannter als zuvor. Etwas hatte sich in ihm gelöst.

Doch plötzlich bemerkte sie, wie seine Miene erneut gefror. Sie folgte seinem Blick und erspähte im Halbdunkel zwei Gestalten. Sie fuchtelten mit den Armen und versperrten die Straße.

Lisbeth sah wieder zu Storch. Der machte keine Anstalten, die Riemen aufzunehmen, um das Anhalten der Stute vorzubereiten. Im Gegenteil, er ließ sie auf den Pferderücken klatschen, um das Tempo zu erhöhen.

«Alter Mann, was hast du vor?»

Seine Kieferknochen mahlten.

«Storch, halt doch an! Siehst du die armen Leut' nicht?»

Die beiden Gestalten waren jetzt bedenklich nahe. Im Mondlicht erkannte Lisbeth, dass es zwei Männer waren, der eine groß und kahl, der andere klein und bärtig. Immer noch sprangen sie mit erhobenen Armen auf und ab. Je näher der Schlitten kam, desto unruhiger wurden sie.

Aber Storch trieb weiter an, Trude fiel in den Galopp und griff weit aus. Der Schnee spritzte, und erst im allerletzten Moment, als die Stute sie schon zu überrennen drohte, sprangen die Männer zur Seite und landeten in einer Schneewehe. Storch lachte mit zurückgelegtem Kopf.

Lisbeth spürte Zorn. «Hör auf zu lachen, du Unmensch!»

Überrascht sah Storch sie an. «Wie nennst du mich?»

«Unmensch», beharrte Lisbeth, allerdings nicht mehr gar so überzeugt.

Storch kniff die Augenlider zusammen. Er deutete auf die beiden Männer, die sich den Schnee von den Lumpen klopften. «Diese Kerle da sind Taugenichtse oder Gauner. Die führen was im Schilde.»

«Woher willst du das wissen?»

«Schau sie dir doch an: ihre lumpigen Kleider, ihre verschlagenen Mienen …»

«Das hast du im Vorüberfahren gesehen?»

«Ich muss das nicht sehen», sagte Storch. «Ich rieche es drei Meilen gegen den Wind.»

«Ich glaube, du hast Angst vor ihnen. Deshalb verurteilst du arme Leute, die du nicht kennst.»

Storch musterte Lisbeth. Dann zog er die Zügel an. Trude stand sofort still.

«Und jetzt?», fragte Lisbeth erschrocken.

«Wenn du so sehr auf das Gute vertraust, schauen wir uns diese *armen Leut'* doch einmal näher an.»

Von hinten näherten sich die Fremden mit Winken und Rufen. Und Lisbeth wurde nun doch etwas mulmig zumute.

Es dauerte nicht lange, bis sich die Fremden dem Schlitten genähert hatten. Sie waren außer Atem.

«Wohin wollt ihr?», fragte der Alte.

«Wohin fahrt ihr?», fragte der Kleine mit dem struppigen Bart.

Lisbeth konnte ihn jetzt besser betrachten. Der Bart war schütter, und seine Gesichtszüge hingen schief wie ein altes Scheunentor. Er sprach langsam, da er seine Worte sorgfältig abwog. Das machte auf Lisbeth nicht gerade einen vertrauenswürdigen Eindruck. Sie besah sich den Zweiten: Der Kahle bot ein einfältiges Bild und blickte eifrig zu seinem Kumpanen. Dann suchte Lisbeth Storchs Blick. Der schaute triumphierend und antwortete:

«Wir fahren nach Zinnwald.»

«Und was wollt ihr dort?», fragte der mit dem schütteren Bart.

«Was wollt *ihr* dort?», fragte Storch zurück.

Die beiden Männer sahen sich an.

«Das findet sich», sagte der Bärtige dann rasch. «Wir haben von dem Unglück im Berg gehört und waren zufällig in der Nähe. Da wollten wir schauen, ob wir nicht vielleicht helfen können.»

«Wirklich?», fragte der Kahle überrascht, und der Bärtige gab ihm einen Tritt gegen das Schienbein, der ihn zusammenfahren ließ.

«Wirklich», sagte der Bärtige, obwohl er sah, dass der Alte skeptisch blieb.

«Helfen? Ihr? Na klar: andere Leute arm zu machen», schloss Storch.

Betreten sahen sich die beiden Gestalten an. Umso mehr wunderte sich Lisbeth, als Storch sie fragte: «Was meinst du, Lisbeth? Wollen wir die fleißigen Helfer mit hinaufnehmen? Sicherlich können sie dort viel Gutes tun.» Seine Stimme troff vor Häme.

Lisbeth hatte kein gutes Gefühl. Doch sie wollte Storch unbedingt beweisen, dass man Menschen vertrauen konnte. Vorsichtig nickte sie.

Sofort sagte Storch: «Na, dann nichts wie hinauf mit euch Halunken.»

Lisbeth hörte den Hohn in seiner Stimme. Er misstraute ihnen immer noch. Und Lisbeth ahnte, dass es womöglich der richtige Impuls gewesen war. Doch sie war zu stolz, es einzugestehen.

Der Bärtige und der Kahle sahen sich an. Dann kletterten sie auf die Polster hinter Lisbeth und Storch. Die Kiste stand in ihrer Mitte. Und sofort legte der Bärtige – als gäbe es keinen anderen Ort dafür – seinen Arm darauf.

Eine Weile fuhren sie wortlos dahin. Lisbeth nahm wahr, wie aufmerksam die Fremden sich mit der Kiste beschäftigten. Der Kahle hatte – er fühlte sich wohl unbeobachtet – einfach die Stricke gelöst, mit der sie an der Bank verzurrt war. Nun zog er das Wachstuch herunter. Darunter war die Kiste noch einmal mit Stricken zusammengebunden, damit sie nicht versehentlich aufsprang. Außerdem war der Deckel an den Rahmen genagelt. Nachdem die beiden Fremden all dies herausgefunden hatten, erkundigte sich der Bärtige: «Was habt ihr denn da Hübsches geladen?»

Storch überhörte die Frage. Er starrte vor sich hin, ließ nur hin und wieder sanft den Riemen über Trudes Rücken streichen.

«Was habt ihr …?», wollte der Bärtige wiederholen, da fuhr ihm Storch ins Wort: «Ich bin doch nicht taub. Was glaubt ihr denn, was wir geladen haben? Gold natürlich! Eine ganze Kiste voll. Was sonst fährt man wohl am Heiligen Abend durch den Wald spazieren?»

Lisbeth machte Augen wie Wagenräder, und die beiden Fremden nicht minder große.

Storch schaute von einem zum anderen und weidete sich an ihren erstaunten Gesichtern. Dann legte er erneut den Kopf in den Nacken und lachte. «Nein. Stimmt nicht. Es ist nur Papier.»

Niemand wurde klug aus seinen Worten, nicht einmal Lisbeth. Doch was sie jetzt in den Blicken der beiden Mitfahrer entdeckte, war die blanke Gier.

Lisbeth spürte die Unruhe der Männer, die sich seit dem Wortwechsel nicht gelegt hatte – im Gegenteil. Sie saßen hinter ihrem Rücken, nur eine Armlänge entfernt, rückten immer nervöser auf den Polstern hin und her und schienen sich über irgendetwas zu verständigen. Nicht mit Worten, denn die waren nach wie vor versiegt, aber mit Gesten. Da sie hinter Lisbeth und Storch saßen, konnte sie keiner von ihnen beobachten, ohne sich umzuwenden. Das nutzten die beiden aus.

Storch fragte, den Blick starr auf den Weg gerichtet: «Kennt ihr euch aus? Wie weit ist es noch bis Zinnwald?»

Die Frage war an die Fremden adressiert, doch keiner von beiden reagierte. Auch Lisbeth schwieg, denn sie begriff, was der Alte beabsichtigte: Er wollte herausfinden, ob sie überhaupt zuhörten. Taten sie nicht. Das Geflüster und Gedeute hörten einfach nicht auf. Ihr ganzes Interesse war auf die Kiste gerichtet.

Dann ging alles ganz schnell. Ein ohrenbetäubender Lärm brach los: Klatschen, Knallen, Brüllen, Schreien. Von hinten zunächst, dann war es überall: an der Seite, vorn am Pferd. Lisbeth dröhnten die Ohren. Und Trude machte einen gewaltigen Satz. Storch hatte seine liebe Not, die Riemen zu halten. Das Pferd sprang in den Galopp und stürmte den Weg entlang, dass die Hufe den Schnee in großen Klumpen durch die Luft warfen. Storch versuchte, Trude mit Worten zu beruhigen, doch es gelang nicht. Und wenn sich nicht rechts und links des Weges Schneewände getürmt hätten, sie wäre schnurstracks in den Wald gerannt. Immer weiter lief sie. Der Schlitten schlingerte und schleuderte hinterdrein, und erst als sich die Stute wieder beruhigt hatte und zum Stehen gekommen war, konnten Storch und Lisbeth innehalten und nachvollziehen, was passiert war: Die Fremden hatten die Kiste vom Schlitten geworfen und waren abgesprungen. Dann hatten sie die

Stute durch den Lärm so sehr verängstigt, dass sie durchgegangen war.

Von der Kiste keine Spur mehr. Das Wachstuch lag auf dem Schlittenboden. Und auch von den Fremden war nichts zu sehen. Es konnte eine Viertel Meile oder weniger sein, vielleicht auch mehr, irgendwo weit hinter ihnen mussten sie sich mitsamt der Kiste in den Wald geschlagen haben.

Lisbeth schalt sich eine dumme Pute, dass sie den Alten überredet hatte, die beiden Gauner mitzunehmen – gegen seine Erfahrung und Vorhersage. Nur weil sie ihm etwas beweisen wollte. Aber das alles konnte sie nicht zugeben, geschweige denn aussprechen. Stattdessen fragte sie zaghaft: «Und was nun?»

«Nun bringe ich dich nach Hause», sagte der Alte mit ausdruckslosem Gesicht.

«Und deine Weihnachtskiste?»

«Futsch.»

«Du willst sie ihnen überlassen? Kampflos?»

Er zuckte mit den Schultern. Doch an seiner Miene konnte Lisbeth ablesen, dass es ihm ganz und gar nicht gleichgültig war.

Und ihr war es auch nicht gleichgültig. Sie fühlte sich schuldig, und sie wollte ihren Fehler wiedergutmachen.

«Wir müssen die Kiste zurückholen, Storch!», sagte sie.

Er seufzte. «Nun gut. Wenn du darauf bestehst.»

Er zog die Riemen an und ließ Trude halten. Dann stieg er vom Bock, tat ein paar Schritte in den Wald und lauschte. Trude stand still und spitzte ebenfalls die Ohren. Lisbeth blieb auf dem Bock sitzen.

Storch folgte einer schmalen Schneise, die in den Wald führte. Bald war er außer Sichtweite. Lisbeth besah sich den Schnee genauer. Sie entdeckte Spuren von Tieren, vielleicht Rehen. Oder Hasen. Oder – Wölfen? Sie nahm die Riemen auf. Nur für den Fall, dass sie fliehen mussten. Ängstlich starrte sie ins undurchdringliche Dunkel.

«Herr?», rief Lisbeth und war verstört, als niemand antwortete. «Storch?»

Der Wald hatte ihn einfach verschluckt. Die einzigen Geräusche waren das Knacken und Brechen von Ästen.

Lisbeth erhob die Stimme und nahm ihren eigenen, schriller gewordenen Unterton wahr: «Storch, wo steckst du?»

Endlich kam eine Antwort, von gar nicht weit her: «Hierher, Lisbeth, hier ist eine Lichtung. Du kannst Trude ausspannen. Lass den Schlitten einfach am Wegesrand stehen!»

Lisbeth tat, wie ihr geheißen, und führte die Stute am Zaumzeug in das Dunkel hinein. Nach ein paar Schritten hörte sie, wie Storch ein Streichholz anriss. Zunder loderte auf, dann trockene Zweige. Storch warf die knisternden Flammen auf einen Haufen. Der brannte sofort lichterloh, so trocken war das Holz. Trude wich zurück, bis Lisbeth ihr beruhigend den Hals streichelte. Das Feuer tauchte den Wald in erschreckende Klarheit. Der Widerschein der Flammen züngelte über die Stämme. Sorgsam führte Lisbeth die Stute heran. Etwas abseits des Feuers hatte Storch ihr Heu auf den Boden gelegt. «Nicht weit von hier hat der Jäger eine Raufe, um Wild anzulocken», erklärte er ungefragt.

Lisbeth nickte. Offenbar verstand der Alte mehr vom Gebirge, als er zugeben wollte.

Nachdem Trude versorgt war, mummelte sich Storch in den Mantel und nahm auf einem Holzstumpf am Feuer Platz. Lisbeth entdeckte einen zweiten Stumpen und setzte sich ebenfalls. Waldarbeiter schienen hier vor kurzem noch gefällt und sich ausgeruht zu haben. Offenbar hatten sie sich eine Feuerstelle mit Sitzgelegenheiten eingerichtet. Und die Schneise, die Storch in den Wald geführt hatte, war der Trampelpfad der Rückepferde.

«Und was machen wir jetzt?», fragte Lisbeth, nachdem sie sich mit der Situation angefreundet hatte.

«Jetzt warten wir», sagte Storch. Seine Mundwinkel umspielte ein Lächeln.

«Warten? Aber worauf denn?», fragte Lisbeth.

Storch sah ihr geradewegs in die Augen. Die Flammen beleuchteten sein Gesicht. «Darauf, dass diese Halunken zurückbringen, was uns gehört.»

«Und warum sollten sie das freiwillig tun, wo sie es eben erst erbeutet haben?»

«Weil ihre Beute schwer ist», antwortete Storch. «Und weil es kalt ist.»

«Aha», sagte Lisbeth skeptisch.

«Das Feuer wird sie anziehen. Warte nur ab.»

Lisbeth schaute sich um. Ringsumher war es dunkel. Dennoch war sie noch nicht überzeugt.
Aber da sie selbst diese missliche
Situation herbeigeführt hatte,
beschloss sie, sich zurückzuhalten.

Die Lichtung war zwar gut geeignet für ein Lagerfeuer, doch bei dem Wind, der jetzt aufkam, brannte es schnell herunter. Die Funken flogen, und Storch musste immer wieder Brennholz nachlegen. Der letzte Herbststurm hatte in der Nähe einige Fichten niedergedrückt, kreuz und quer ragten die Äste durcheinander. Wurzeln wuchsen gen Himmel, als hätte ein Riese mit der Faust in den Forst geschlagen. Die Holzarbeiter hatten nur das Werk des Windes vollendet. Regelmäßig mussten Storch und Lisbeth ausschwärmen, um trockene Äste und Kienäpfel aufzusammeln, die die Arbeiter achtlos liegengelassen hatten. Dabei blieben sie stets in Sichtweite voneinander. Dann setzten sie sich wieder ans Lagerfeuer und schwiegen.

«Vielleicht habe ich mich getäuscht …», konstatierte der Alte irgendwann und stieß Luft durch die Nase.

Lisbeth wollte etwas sagen, sich entschuldigen, doch Storch winkte ab. «Keine Sorge. Wir kehren nicht nach Dresden zurück. Zuerst bringe ich dich hinauf, zu deiner Familie.»

Lisbeth sah ihn erstaunt an: «Warum tust du das, alter Mann?»

Storch starrte ins Feuer. «Vielleicht, weil ich nicht zu meiner eigenen Familie fahren kann?»

«Natürlich kannst du das», sagte Lisbeth.

Storch schüttelte vehement den Kopf.

In dem Moment klang ein Heulen aus dem Wald. Lisbeth schreckte auf.

«Wölfe!», flüsterte sie.

Storch verneinte.

«Nicht?», fragte Lisbeth.

«Das sind Scheinwölfe», griente Storch. Er schlug sich auf die Oberschenkel und stemmte sich hoch. «Kommt nur, ihr Untiere!» Dann grinste er Lisbeth an und hob die Augenbrauen. Im Widerschein der Flammen sah Lisbeth sein bärtiges Gesicht. Sie tauchten es in zuckendes Licht. Dann sagte er: «Schau! Da sind sie schon!»

Nun ist er vollends verrückt geworden, dachte Lisbeth.

«Sie versuchen, uns Angst einzujagen.» Storch ergriff einen Knüppel, den er ganz zuletzt auf das Feuer gelegt hatte. Am kalten Ende nahm er den Stock aus den Flammen und schwenkte das brennende Ende ins Dunkel. Hin und her warf er es, fauchend und funkenspuckend fuhr die Fackel durch die Luft.

Erneut erklang Wolfsgeheul, das am Ende in einem jämmerlichen Husten erstarb.

«Gebt auf!», rief der Alte in die Dunkelheit. «Uns macht ihr keine Angst.»

«Seit wann können Wölfe sprechen?», fragte Lisbeth.

Umso erstaunter war sie, als eine Antwort aus dem Wald kam.

«Uns ist kalt!»

Lisbeth erkannte die Stimme sofort. Es war der kleine Bärtige.

«Lasst uns ans Feuer!», winselte sein Kumpan.

«Ihr wolltet uns bestehlen! Warum sollten wir euch helfen?», antwortete Storch.

«Es tut uns leid!», klang es aus dem Wald. «Wir frieren erbärmlich.»

«Helft uns, weil ihr Christenmenschen seid», rief die zweite Stimme.

Storch sah Lisbeth fragend an. Die nickte zögernd. Der Alte ließ die Fackel sinken.

«Nun gut. In Gottes Namen. Aber bringt mir die Kiste!»

Schweigen.

«Habt ihr verstanden? Bringt mir die Kiste! Ansonsten: Bleibt mir gestohlen!»

«Wir haben sie nicht mehr», kam es da kleinlaut aus der Dunkelheit.

Storch entglitten die Gesichtszüge. «Ihr habt sie nicht mehr? Was soll das heißen?»

Stille.

«Sie war schwer!», kam es dann, kleinlaut, aus dem Wald. «Und ihr Inhalt wertlos für uns.»

«Nicht für mich!», rief Storch da außer sich. «Bringt mir die Kiste oder bleibt mir gestohlen!»

Es dauerte nicht lange, da meldete sich erneut die Stimme des Bärtigen. «Wir haben die Kiste. Lasst ihr uns nun ans Feuer? Habt Erbarmen am Festtag des Herrn!»

Wütend warf Storch die Fackel zurück ins Feuer. «Was erlaubt ihr euch, euch auf den Herrgott zu berufen?» Dann sagte er: «Kommt schon heraus!»

Ganz langsam wagten sich die beiden aus der Deckung. Lisbeth war erstaunt, wie nah sie gewesen waren, ohne dass sie sie hatte sehen können.

Als die Halunken näher traten, fiel Storchs Blick auf seine Kiste. Der Deckel lag jetzt achtlos darauf, die Schnüre fehlten. Storch stürzte heran und fiel vor der Kiste auf die Knie. Mit zitternden Fingern öffnete er sie und prüfte ihren Inhalt. Lisbeth war wie geblendet vom hellen Schein.

«Storch», sagte sie mit gesenkter Stimme. «Das ist ja wirklich Gold!»

Ängstlich sah sie zu den Gaunern. Die aber hatten sich ans Feuer begeben und achteten gar nicht mehr auf die Kiste. So nah es nur ging, rückten sie an die Wärmequelle und rieben ihre Hände.

Der Alte zwinkerte Lisbeth zu. «Es ist wirklich nur Papier. Komm her, ich zeig es dir.»

Lisbeth trat näher, um besser sehen zu können, was im Schein des Feuers glitzerte wie reines Gold. Bei genauerem Hinsehen erkannte sie Engel, Harfen, Flügel, Trompeten und Sterne – alles filigran und glitzernd.

«Das soll Papier sein?», fragte sie.

«Papier mit Gold überzogen. Das sind die berühmten Dresdner Pappen von Storch & Storch & Compagnie», sagte Storch feierlich. Er nahm den obersten Bogen aus der Kiste und zeigte ihn Lisbeth – vorsichtig, als sei es ein Küken. «Man kann den Christbaum damit schmücken. Oder die Festtafel. In der Stadt ist das beliebt. Meine Pappen finden sogar den Weg in die vornehmen Häuser.»

Vorsichtig trennte er einen Engel aus dem Bogen und hielt ihn Lisbeth hin. Sie nahm ihn und strich mit dem Finger darüber. Er war leicht wie Papier und knisterte. Und glänzte im Feuerschein wie Gold.

Storch hatte nicht übertrieben. Die ganze Weihnacht holte er aus der Kiste. Lisbeth blieb der Atem weg von so viel Schönheit. Und dann wusste sie plötzlich, woher sie die Engel kannte.

«Storch!», rief sie erfreut aus. «Die habe ich in Dresden gesehen, im Käseladen, bevor ich dir begegnet bin.»

«Du meinst, bevor du dich mir als blinder Passagier anvertraut hast.»

Schuldbewusst senkte Lisbeth den Blick.

«Der *Käseladen* war Pfunds Molkerei. Er liegt direkt neben meiner Fabrik», erklärte Storch.

Vorsichtig drehte Lisbeth die goldene Figur in den Fingern und besah sie sich von allen Seiten. «Ist das deine Erfindung?»

Der Alte nickte. «Es begann mit Goldbordüren für Tapeten und Hüte. Dafür habe ich die Maschinen entwickelt. Durch ihre besonderen Platten konnten sie prägen und stanzen in einem Arbeitsschritt. Dann kam ich auf die Idee mit den goldenen Engeln … Die Putten der Sixtinischen Madonna in der Dresdner Gemäldegalerie haben mich dazu inspiriert. Das erste Engelspaar habe ich noch mit dem Messer aus einem Papierbogen geschnitten und das Gold mit dem Pinsel aufgetragen. Als es getrocknet war und ich es in den Händen hielt, kamen mir Tränen vor Rührung. Und auch Victor war sofort begeistert …»

«Victor?», fragte Lisbeth nach.

Storch senkte den Blick. «Mein Sohn.»

«Der zweite Storch auf der Kiste?»

Der Alte nickte.

Lisbeth fuhr den Schriftzug mit dem Finger nach. «Storch & Storch – und wer ist das: ‹Compagnie›?»

«Das sind alle. Meine Mitarbeiter, die ganze Firma. Das war zumindest einmal der Gedanke. Aber heute …» Er stockte. «Heute habe ich das Gefühl, ich stehe vollkommen allein da.»

Storch stierte zu Boden. Da konnte Lisbeth nicht anders. Sie trat zu ihm und schlang ihre Arme um seinen Leib. Und – damit hätte das Mädchen am wenigsten gerechnet – der alte Mann legte sachte seine Hand auf ihren Kopf.

Nachdem sie sich noch eine Weile gewärmt hatten und die Pappen wieder in der Kiste verstaut waren, reichte der Alte den Gaunern eine Fackel und wies ihnen den Weg: «Da entlang geht's nach Dresden!»

«Ihr wollt uns allein in die Dunkelheit schicken?», jammerte der Kahle.

Storch drückte auch dem zweiten eine Fackel in die Hand. Der nahm sie ohne weitere Aufforderung.

«Von mir aus bleibt am Feuer sitzen. Mir egal», stellte Storch ihnen frei.

«Und ihr?»

«Wir setzen unseren Weg fort.»

«Können wir nicht mit euch kommen?», fragte der Bärtige.

Da konnte Storch nicht mehr an sich halten: «Sind wir die Pferdetram? Ihr wolltet uns bestehlen, erinnert ihr euch?»

Betreten sahen sich die beiden Gauner an. Dann verließen sie die Lichtung in der angegebenen Richtung. Ihre Schritte waren zaghaft. Nur ganz allmählich verlor sich der flackernde Lichtschein in der Finsternis.

«Nehmt euch vor Wölfen in Acht!», rief Lisbeth ihnen hinterher, als sie gerade noch in Hörweite waren. Storch lachte über ihren Scherz, die Gauner aber blieben eine Antwort schuldig. Lisbeth musste schmunzeln, als sie sich die Mienen der beiden vorstellte.

«Na, dann komm, Lisbeth», sagte Storch zu ihr. «Ich werde dich zu deiner Familie bringen und dann nach Dresden zurückkehren.»

«Du willst diesen wunderschönen Schmuck nicht mehr nach Zinnwald schaffen?»

Der Alte schüttelte den Kopf.

Verständnislos sah Lisbeth ihn an. «Aber warum denn nicht? Wir sind so weit gekommen!»

Storch hob den Kopf und sah in den Sternenhimmel. Völlige Dunkelheit war hereingebrochen. «Und doch sind wir zu spät. In der Nacht des Heiligen Abends braucht niemand mehr Baumschmuck. Ich möchte nicht als Narr vor den Leuten stehen.»

Lisbeth schüttelte den Kopf und fragte mit verschmitztem Gesichtsausdruck: «Was ist denn mit meinem alten Freund passiert? Der sein Ziel um jeden Preis erreichen will? Nun sind wir kurz davor, und du kneifst? Niemals! Ich werde dich begleiten!»

Der Alte musste lächeln. Dann streckte er dem Mädchen die Hand hin.

Lisbeth schlug ein. «Abgemacht!»

Als sie den Gebirgszug überwunden hatten, der das Tal der Müglitz vom Tal der Weißeritz trennte, und das Rote Wasser schon in Hörweite durch die Schneefelder plätscherte, erblickten sie die ersten Giebel von Geising. Vereinzelte Häuser und Gehöfte zuerst, dann rückten die Gebäude so dicht zusammen, dass sie eine schmale Gasse bildeten, durch die kaum ein Fuhrwerk kam. Schließlich sprangen die Gebäude wieder zurück, und die Gasse weitete sich zum Markt. Die Häuser wirkten verlassen. Kein Licht brannte, kein Mensch war zu sehen, nicht einmal ein herrenloser Hund auf der Straße.

«Wo sind die denn alle?», fragte sich Lisbeth laut, und auch Storch wusste keine Antwort.

Kurz hinter dem Marktplatz rief Lisbeth: «Hier ist es!» Sie deutete zu einer Wohnung im ersten Stock hinauf.

Storchs Blick folgte ihrer Geste. Mitleid schlich sich in seine Miene. Auch hier war keines der Fenster erleuchtet. Die ganze kleine Stadt schien ausgestorben. Selbst in der Kirche mit dem bauchigen Turmhelm herrschte Dunkelheit.

Lisbeth war bleich und gefasst, ihre Gesichtszüge voller Anspannung. «So still habe ich die Stadt noch nie erlebt.»

«Sollen wir noch hinaufgehen?», fragte Storch.

Lisbeth nickte. «Ich möchte wenigstens nachgeschaut haben.»

«Auch Trude ist dankbar für etwas Ruhe», bekräftigte Storch und häufelte der Stute etwas Heu, das er aus der Wildraufe im Wald mitgenommen hatte, vor die Hufe. Dann folgte er Lisbeth. Die Haustür war nicht verschlossen. Hintereinander kletterten sie die enge Stiege hinauf. Unter ihren Schritten knarrten die Bretter. Sonst war kein Geräusch zu hören. Im ganzen Haus nicht.

«Wo sind denn bloß alle?», fragte Lisbeth erneut, ohne Antwort zu erwarten.

Vorsichtig schob sie die Tür zur Wohnung auf. Der Mond schien hell, sein Licht füllte das Zimmer aus. Das Erste, was Storch erblickte, als sie eintraten, war eine Statuette der heiligen Barbara, der Schutzpatronin der Bergleute, die in der Stubenecke dicht unter der Zimmerdecke auf einem hölzernen Podest stand. Lisbeth bekreuzigte sich, als sie vorbeiging, und selbst Storch hielt kurz inne.

Schnurstracks ging Lisbeth zum zentralen Ofen, der sich zwischen Stube und Küche befand. Seine Wärme verteilte er für gewöhnlich überall in der Wohnung. Doch der Ofen war kalt, ebenso die Ofenbank. Ratlos drehte Lisbeth sich zu Storch um.

Storch kniete vor dem Ofen nieder. Er öffnete die Klappe und schob vorsichtig eine Hand hinein. Dann zog er sie wieder heraus und rieb die Finger aneinander. Sie waren grau. «Die Asche ist nicht mehr warm. Sie sind schon länger als einen halben Tag fort.»

Lisbeth hatte Tränen in den Augen. «Aber wohin sind sie denn gegangen?»

«Ob das vielleicht mit dem Unglück zu tun hat?», vermutete Storch vorsichtig. «Im Bergwerk?»

«Wenn dem so wäre», sagte Lisbeth sorgenvoll, «wo sind dann meine Geschwister?»

Als Storch die Tränen auf den Wangen des Mädchens entdeckte, schoss ihm die Schamesröte ins Gesicht. Er wusste einfach nicht, was er sagen sollte. Doch schon im nächsten Moment rief Lisbeth: «Ich weiß es! Ich weiß, wo sie sind!»

Erwartungsvoll hob Storch den Kopf und sah sie an.

«In Zinnwald, bei der Tante!», rief Lisbeth voller Erleichterung. So sicher war sie sich.

Storch blieb skeptisch. Doch er hatte sich geschworen, Lisbeth bei ihrer Familie abzuliefern. Und solange dies nicht möglich war, blieb er bei ihr.

Rasch waren sie wieder aus Geising heraus. Der Weg stieg weiter an und führte durch dichten Wald. Immer näher rückten die Fichten, nur dank des Schnees konnten sie den Weg überhaupt noch sehen. Doch wenn der Mond sich zeigte – und manchmal wagte er sich hinter den zerrissenen Wolken hervor –, glänzte der nächtliche Wald ganz wunderbar.

Storch räusperte sich. «Lisbeth?»

«Ja?»

«Falls deinem Vater wirklich etwas zugestoßen sein sollte ... und deiner Mutter ...»

Lisbeths Miene versteinerte.

«... dann kannst du dich auf mich verlassen», vollendete Storch seinen Satz hastig.

Lisbeth nickte. Storch wusste selbst nicht so genau, was er damit meinte, aber er hatte das sichere Gefühl, diesem unerschrockenen Mädchen, dem solch ein hartes Schicksal drohte, helfen zu wollen. Konnte Gott denn, wenn es ihn gab, dies zulassen? Einem Menschen allein so viel Unglück aufzubürden, die Mutter und den Vater am gleichen Tag zu verlieren?

«Danke», sagte Lisbeth mit tränenerstickter Stimme. «Danke, du alter, herzensguter Mann!»

Storch war ratlos, wie er dazu gekommen war, so bezeichnet zu werden.

Plötzlich sagte Lisbeth: «Storch. Hörst du das?»

Der Alte hob den Kopf. Er sagte keinen Ton, sondern nickte nur, um die himmlische Musik nicht zu übertönen, die an sein Ohr drang. Es war, als streife ihn der Flügel eines Engels.

«Woher kommt das?», fragte Lisbeth.

Storch blieb die Antwort schuldig. Er lauschte bloß gebannt.

«Es klingt, als käme es aus dem Wald», vermutete Lisbeth. «Dabei ist doch weit und breit kein Licht zu sehen.»

Storchs Blick verlor sich zwischen den Nadelbäumen.

«Wie sollten denn so viele Leute im Wald versammelt sein? In völliger Dunkelheit? Und warum?», fragte Lisbeth.

«Ich weiß es nicht», gab Storch endlich zu.

Andächtig lauschten sie.

«Es klingt wie Engelsmusik», sagte Lisbeth.

Und Storch nickte.

Als sie über einen letzten starken Anstieg nach Zinnwald kamen, waren sie dem Wind ausgesetzt wie ein Schiff auf dem tosenden Meer. Wie ausgestorben lag auch dieser Ort, nur der Sturm hauste in den Gassen hier oben auf dem Gebirgskamm. Lisbeth schauderte und zog das Fell, das Storch ihr jetzt ganz überlassen hatte, enger um die Beine. Wie tote Augenhöhlen starrten die Fenster auch hier. In manchen war Weihnachtsschmuck zu sehen – Schwibbögen, Herrnhuter Sterne oder schlichte Kerzen –, doch nichts war beleuchtet, alle Lichter waren gelöscht.

Die entlegene Erzstadt schien genau wie Geising in Finsternis gefallen. Storchs und Lisbeths Blicke waren so sehr auf die dunklen Fensterhöhlen gerichtet, dass sie beinahe die riesige, aufgerichtete Tanne umgefahren hätten. Storch zog die Riemen an und starrte auf den nachtdunklen Baum. Trude stand da und rührte sich nicht, als spürte auch sie, dass etwas nicht stimmte. Mit Schaum vor dem Mund kaute sie auf ihrem Gebiss herum. Die Anstrengungen des steilen Anstiegs hatten wohl ihre letzten Kraftreserven aufgebraucht.

«Wo sind all die Menschen?», fragte Lisbeth.

Storch zog die Schultern hoch. Und ließ sie wieder sinken. «Vielleicht in der Kirche?»

«Nix wie hin!», sagte Lisbeth.

Storch lächelte. «Ich kenne mich nicht aus, junge Dame. Zeigen Sie mir den Weg.»

«Dort entlang», rief Lisbeth und deutete mit dem Arm in die Richtung.

Sie umrundeten die dunkle Tanne und standen unversehens vor der Kirche. Storch zog die Riemen an und schwang sich vom Bock. Längst war Lisbeth auf der anderen Seite heruntergeklettert. Zu zweit standen sie vor dem Portal und wagten nicht, es zu öffnen. Sie hörten nicht das geringste Geräusch.

Schließlich war es Lisbeth, die die Klinke niederdrückte. Mit einem Quietschen schwenkte die Tür auf. Wie befürchtet war der Innenraum dunkel und leer, die Bänke verwaist. Ungläubig traten Storch und Lisbeth ein. Ihre Atemwolken schwebten eine Weile im Dunkel und lösten sich dann auf. Angestrengt lauschten sie in die Stille, als erhofften sie sich immer noch einen Hinweis auf menschliche Gegenwart, doch da war rein gar nichts. Wieder sahen sie sich an, ratlos. Ganz Geising und ganz Zinnwald waren bis auf den letzten Bewohner wie vom Erdboden verschluckt.

«Die Musik», rief Lisbeth da plötzlich aus. «Die Musik, die wir im Wald gehört haben!»

«Was ist damit?»

«Der Stollen», sagte Lisbeth atemlos. «Die Leute sind im Stollen! Das war die Musik, die wir im Wald gehört haben. Die Engelschöre!»

«Aber ... Wie kommst du denn darauf?»

Lisbeth hob die Nase. «Du erinnerst dich, dass es klang, als käme es aus dem Wald. Obwohl wir weit und breit niemanden gesehen haben.»

«Ja. Stimmt.»

«Einer der Entwässerungsstollen endet am Waldrand, in der Nähe des Weges. Wir haben die Leute im Bergwerk singen gehört. Komm mit, bestimmt sind sie alle dort!»

Nur wenige Meter mussten sie in den alten Bünau-Stollen hineinlaufen, bis sie die ersten weihnachtlichen Klänge vernahmen. Storch stand wie versteinert. Seit Jahren hatte er keinem Gottesdienst mehr beigewohnt, schon gar nicht zum Heiligen Abend.

Lisbeth ergriff seine Hand und zog ihn mit sich. Zunächst sträubte er sich. Doch dann erstarb sein Widerstand. Schritt für Schritt ließ er sich ziehen. Der Stollen war dunkel, aber von weit her züngelte ihnen Licht entgegen. Die festliche Musik erfasste Storch, von allen Seiten war er davon umgeben.

Als sie die Menge erreichten, die sich in einer Weitung des Stollens versammelt hatte, der Pfarrer an einem improvisierten Altar ihnen allen gegenüber, drehten sich die Menschen zu ihnen um.

Plötzlich ertönte ein Schrei: «Lissi!»

Ein Mädchen löste sich aus der Menge. Mit kurzen, schnellen Schritten lief sie heran. Bevor das Kind sie erreichte, öffnete Lisbeth die Arme. Und als ihr die Schwester ungebremst hineinlief, stürzten beide nach hinten. Sie balgten sich auf dem Boden ohne Sorge um das Festtagskleid, in das Lisbeths Schwester gehüllt war.

In diesem Moment fühlte sich Storch unendlich einsam. Und noch stärker wurde das Gefühl, als ein finster blickender Mann auf ihn zutrat.

«Was haben Sie mit meiner Tochter zu schaffen?», sprach er ihn an.

Storch spürte, dass er sich erklären musste. Doch bevor er irgendetwas sagen konnte, hatte sich Lisbeth aufgerappelt und war dem Vater um den Hals gefallen.

«Vati! Es geht dir gut, Gott sei Dank, es geht dir gut!»

Der Vater nickte mit ernster Miene. «Nicht alle hatten das gleiche Glück. Manche sind verletzt, haben Quetschungen oder Brüche davongetragen. Aber alle sind mit dem Leben davongekommen. Der heiligen Barbara sei Dank. Deshalb feiern wir heute die Christmesse im Stollen. Um Dank zu sagen.»

Lisbeth schluchzte. Und dann lösten sich alle Sorgen des Tages in einer Kaskade von Tränen auf.

Die Gemeinde hatte sich um den Alten und Lisbeth und Hedwig, die jüngere Schwester, versammelt. Niemand bestand auf dem Fortgang der Messe, alle wollten wissen, was sich da zutrug, und auch der Pfarrer erkannte, dass es klüger war, die Feier für den Moment zu unterbrechen.

«Dieser gute Mann hat mich den ganzen Weg von Dresden herauf mitgenommen», erklärte Lisbeth.

Dankbar sah Lisbeths Vater Storch an und streckte ihm endlich die Hand entgegen.

«Gestatten: Vincent Storch», stellte er sich vor. Der Name wurde von den Umstehenden in die Menge getragen, wanderte als Geflüster und Geraune durch den Stollen und kehrte dann voller Empörung wieder zu Storch zurück: «Vincent Storch! Das ist doch der, der die Schmuckpappen schicken wollte!»

Weitere Stimmen erhoben sich: «Wir haben uns auf Sie verlassen!»

«Wo sind sie denn nun, Ihre berühmten Pappen?»

«Betrüger!», rief es von irgendwoher.

Storch erklärte sich, so gut er konnte: Dass er die Kiste bei sich und alles versucht habe, um sie am letzten Tag noch hier heraufzuschaffen. Dass widrige Umstände ... Aber als die Anwürfe heftiger wurden und die Reden grober, da ließ er das Erklären sein. «Es wurde vergessen. Tut mir leid.»

Endlich erlöste ihn der Pfarrer, indem er das Wort ergriff: Gram und Zorn sollten hintangestellt werden und der Frieden auf Erden – dem Tage angemessen – Einzug halten. Die Menge beruhigte sich auf die Worte des Pfarrers hin und gab sich friedlich. Nur Storch spürte, dass es unterschwellig weitergrollte.

Lisbeth stellte sich zwischen Schwester und Vater und nahm beide an die Hand. Auch die Zinnwalder Tante trat zu ihnen, umgeben von den übrigen Geschwistern. Gemeinsam schlossen sie Lisbeth in die Arme.

Und gerade als der Pfarrer die Messe fortsetzte, stellte der Vater die Frage, die ihn wohl am meisten bewegte, die er aber bislang nicht zu stellen gewagt hatte. Die Stimme brach ihm, als er endlich den Mut aufbrachte. «Wie geht es Mutter?»

Eben setzte wieder der Gesang ein. Lisbeth musste laut sprechen, damit der Vater sie überhaupt verstehen konnte. «Sie ist wohlbehalten in Dresden angekommen.»

«Und?» Der Vater stockte. «Ist dein Geschwisterchen da?» Er flüsterte jetzt, so dass Lisbeth ihn kaum verstehen konnte, obwohl er direkt in ihr Ohr sprach.

Stumm sah Lisbeth ihn an. Tränen drangen erneut in ihre Augen.

Der Vater ergriff sie bei den Armen, heftiger, als er wollte: «Sag, was ist mit Mutter!»

Die Umstehenden drehten sich zu ihm um.

«Sie schickte mich fort», sagte Lisbeth da tonlos. «Bevor das Geschwisterchen auf der Welt war. Sie hatte Sorge um euch, so wie ihr Sorge um sie hattet.»

Der Vater fragte nichts mehr. Seine Arme erschlafften, er ließ den Kopf sinken. Lisbeth sah, dass ihn mit einem Mal alle Kraft verließ, die er bis hierher bewahrt hatte. Sehnsüchtig hatte er auf eine Botschaft, eine sichere Nachricht gewartet – und nun: nichts. Lisbeth fühlte sich schuldig und nutzlos.

Die Messfeier steuerte auf ihren heiligsten Teil zu: die Wandlung. Der Pfarrer sprach die Worte, die die Hostie in den Augen der Gläubigen in den Leib Christi verwandelten.

Lisbeths Vater wartete ab, bis die Kommunion ausgeteilt wurde.

Dann fragte er mit gesenkter Stimme: «Wann schickte sie dich fort? Und warum?»

«Sobald wir das Krankenhaus erreicht hatten. Sie wollte, dass ich nach Hause zurückkehre, um euch zu helfen.» Lisbeth schluckte. «Also bin ich aufgebrochen.»

Mit verschleiertem Blick starrte der Vater geradeaus.

Auch Lisbeth standen die Tränen in den Augen. Diesmal waren es keine Freudentränen. «Freust du dich denn gar nicht, dass es mir gutgeht? Der Weg war schwer! Ich kannte mich kein bisschen aus in der Stadt.»

Der Vater sah auf seine Tochter hinab. Dann endlich beugte er sich hinunter und nahm sie, obwohl sie ihm schon fast bis zur Brust reichte, wie ein kleines Kind auf den Arm. «Oh, doch. Ich freue mich so sehr, dass du wieder bei uns bist, Lissi!» Er drückte ihr einen Kuss auf die Wange.

Lisbeth umarmte seinen großen, bärtigen Kopf. Ihr Schluchzen hallte durch die Menge. Niemand zischte, um sie zur Ruhe zu gemahnen. Alle hörten, welche Not sich Bahn brach. Ein paar Schritte abseits stand Storch und wischte sich mit dem Handrücken über die Augen.

«Ein Kind ist geboren, halleluja», rief da der Pfarrer.

Als die Gläubigen den Stollen verließen, war die Menge weihnachtlich gestimmt. Aber nicht alle wollten den Frieden des Herrn in die Welt tragen. Einige kühlten vorher noch ihr Mütchen an Storch.

Doch Lisbeths Tante, eine resolute Frau von stämmiger Statur, die mit großen Händen gestikulierte, schob sich vor ihn. «Geht, Leute, er hat seinen Fehler eingestanden und bedauert ihn. Lasst Frieden einkehren in eure Herzen! Frohe Weihnachten!»

Nach und nach zerstreuten sich auch die letzten Nörgler, und Storch konnte aufatmen. Er schüttelte Lisbeths Tante die Hand. «Ich danke Ihnen, Madame!»

«Madame?» Die Tante sah ihn amüsiert an. «Hier gibt es keine Madame, hier gibt es nur Magda.»

«Ich danke Ihnen, Magda.»

«Was haben Sie nun vor?»

«Ich werde nach Dresden zurückkehren, da ich Ihre Nichte nun wie versprochen wohlbehalten abgeliefert habe.»

«Aber vorher werden Sie mit uns Weihnachten feiern, guter Mann, und wenn ich Sie am Stuhl festbinden muss. Nicht umsonst halten wir hier im Gebirge immer ein Gedeck frei für den unerwarteten Gast.»

«Ja, davon habe ich schon gehört», schmunzelte Storch. «Also gut. Aber danach breche ich gleich auf.»

«Ja, ja, sicher.» Der Tonfall der Tante ließ keinen Zweifel daran, dass sie seine Worte nicht für bare Münze nahm.

Storch ließ sich von ihren kräftigen Armen, die wohl in den letzten Tagen Teig geknetet und Würste gepresst und Gänse gestopft hatten, aus dem Stollen und die Straße hinauf in den Ort schieben. Und über den Weg kamen sie in ein munteres Geplauder, wie er es seit Jahren nicht erlebt hatte.

Feierlich zogen die Zinnwalder und Geisinger vom Stollen hinauf in die Stadt. Storch und Magda folgten ihnen in einiger Entfernung, und auch Lisbeth, Hedwig und die Handvoll weiterer Geschwister, die langsamer waren als alle anderen, weil sie unter jedem Stein ein Abenteuer witterten.

Schon von weitem sah Storch, dass die große Tanne in der Mitte des Ortes nun beleuchtet war. Und jetzt sah man auch, was die Dunkelheit vorher verborgen hatte: Sie war über und über behangen mit erzgebirgischem Holzschmuck.

Während die Gemeinde am Baum vorüberströmte, ergriff jemand Storchs Arm. Ein Mann im Zylinder, mit zylindrischer Figur. «Herr Storch», sagte er mit hochgezogenen Augenbrauen. «Wir haben Sie früher erwartet. Viel früher.»

«Ich entschuldige mich aufrichtig im Namen von Storch, Storch & Compagnie», erwiderte er.

Mit einer wegwischenden Geste nahm der Mann die Entschuldigung an und deutete auf den geschmückten Baum: «Sie sehen, wir wussten uns zu helfen. Haben wir halt unseren alten Holzschmuck herausgeholt. Der taugt noch. Obwohl man sich von Ihren Pappen wahre Wunder erzählt.»

Storch winkte ab. «Es ist doch nur Papier.»

Der Mann mit Hut runzelte die Stirn. Und Storch konnte selbst nicht glauben, was er da gesagt hatte.

Das Weihnachtsfest, das Storch bei Lisbeths Tante Magda feierte, war für ihn das erste seit Jahren. Wie der Teufel das Weihwasser hatte er jede Art von Feier gescheut. Nicht einmal bei Storch & Storch & Compagnie gab es eine Weihnachtsfeier, obwohl das Fest doch die Grundlage seines Betriebes war.

Kein Wunder, dass dieses Weihnachten mit Abstand das schönste war, an das er sich erinnern konnte. Gemeinsam sangen sie die Lieder, von denen Storch annahm, er habe sie schon vergessen. Die Decke der Stube war niedrig, und Lisbeths Vater hatte gut eingeheizt. Die kurze Flucht von Räumen war erfüllt von Festgerüchen: Braten, Marzipan, Zimt, Vanille, Bratapfel. Der Baum auf der Rückseite des Schwarzofens war nur spärlich geschmückt. Storch empfahl sich für den Moment und kehrte wenig später mit der Kiste zurück. Mit spitzen Fingern löste er den Deckel aus dem Rahmen und hob ihn herunter. Hedwig wich die ganze Zeit nicht von seiner Seite.

Als der Deckel endlich aufsprang und Storch die ersten Bögen herausholte, schlüpfte ein Schrei des Entzückens über die Lippen des Mädchens. «So etwas Hübsches habe ich noch nie gesehen!», rief sie aus.

«Das sind Dresdner Pappen», erklärte Lisbeth mit dem Stolz des knappen Wissensvorsprungs. Und doch war auch sie erneut beeindruckt von der Schönheit des feinen Spitzenpapiers. Im Kerzenschein der Stube glänzten die Figuren ebenso strahlend wie draußen im Wald, am Feuer.

Storch hielt ein Paar goldener Engelsflügel in der Hand und schien ganz selbstvergessen. Sein Gesicht drückte Freude und Trauer zugleich aus.

Lisbeth trat heran und legte ihre Hand auf die seine. Als er zu ihr aufsah, las sie Bestürzung in seinen Augen.

«Was hast du?»

Storchs Finger fuhr über die geprägte Pappe. «Ach.» Er seufzte. «Die Platten für diese Engel hat Victor gestochen.»

«Dein Sohn?», fragte Lisbeth.

Storch nickte. «Er hat als Graveur im Betrieb gearbeitet, das Handwerk von der Pike auf gelernt. Ich kann nicht gravieren. Ich kann nur Ideen haben.»

«Ist Victor ...» Lisbeth zögerte, mit dem Wort herauszurücken, und brachte es dann doch über die Lippen. «Ist er ... tot?»

«Ach was, Unsinn!» Storch sah sie mit großen Augen an. «Er lebt in Berlin und hat selbst schon Kinder.»

Lisbeth fiel ein Stein vom Herzen. «Na», sagte sie beschwingt, «dann ist doch alles in Ordnung.»

Storch öffnete den Mund, um etwas zu entgegnen. Er fand nicht, dass irgendetwas in Ordnung war. Berlin war weit und nicht nach seinem Geschmack und das Verhältnis zerrüttet. Seine Enkel hatte er noch nie gesehen. Doch dann schloss er den Mund wieder und dachte, dass dies wohl die richtige Sichtweise war: Es war zwar nicht in Ordnung, konnte aber in Ordnung gebracht werden …

Gemeinsam holten sie den Papierschmuck aus der Kiste. Storch löste die Goldengel und Goldsterne an den vorgestanzten Falzen aus den Bögen und versah sie mit den Fäden, die ebenfalls in der Kiste lagen. Immer wenn er den Faden zu einer Schlaufe verknüpft hatte, händigte er Hedwig und Lisbeth den Schmuck aus. Die gingen augenblicklich daran, den Baum zu behängen.

Storch schob die Nervosität beiseite und genoss es, ihnen zuzuhören und zuzuschauen und die Begeisterung der Kinder zu spüren. Sein Herz erinnerte sich an längst vergangene Weihnachten. Und der Glanz eines Lächelns legte sich auf sein Gesicht und verließ ihn den ganzen Abend nicht mehr.

Hedwig war mit ganzem Herzen und großer Konzentration bei der Sache, während Lisbeth nur anfangs mithalf. Später gesellte sie sich zur Tante in der Küche und ging ihr bei der Zubereitung des Festmahles zur Hand.

Storch beobachtete Hedwigs Finger und war fasziniert, wie sorgfältig sie die Pappen behandelte. Sie erinnerten ihn an die Finger seines Sohnes, der als Erster die Pappen des Vaters an den Baum gehängt hatte …

Als Lisbeths Vater den Raum betrat, wähnte Storch dessen Miene verschattet. Dann sagte der Bergmann: «Schön.» Er musste schlucken, bevor er über die Lippen brachte, was ihn verstörte. An Hedwig gewandt, sagte er mit tränenerstickter Stimme: «Normalerweise schmückt deine Mutter den Baum.»

Hedwig fiel ihm um den Bauch und drückte ihn ganz fest. «Sie wird bald wieder da sein.»

Am Abend lagen Lisbeth und Hedwig in der Schlafkammer der Tante noch lange wach. Sie schwelgten in der Vorstellung ihrer Geschenke und in Ideen, was sie am nächsten Tag damit anstellen wollten. Dann schwiegen sie, bis Hedwig die Frage stellte, die auch Lisbeth insgeheim am meisten beunruhigte: «Ob es Mutter wohl gutgeht? Ob sie», sie zögerte lange, diese Frage auszusprechen, «noch am Leben ist?»

«Natürlich lebt sie», sagte Lisbeth trotzig.

«Aber die Wagenmacher Liesl im letzten Jahr, weißt du nicht mehr? Die ist auch nach Dresden gefahren, weil das Kind nicht rauswollte. Und heimgebracht hat sie der Totenkutscher.»

Lisbeth schüttelte den Kopf. Sie wollte sich nicht erinnern. Sie sprang aus den warmen Decken und rannte ans Fenster. Der Himmel war sternenklar. «O lieber Gott», dachte sie, «gib mir ein Zeichen. Mach, dass meine Mutti lebt!»

Sie starrte in den Nachthimmel. Nichts geschah.

«Was machst du da?», fragte Hedwig müde und machte Anstalten, aus ihrem Bett zu schlüpfen.

«Nichts, schlaf jetzt!», sagte Lisbeth. Und als sie sich wieder zum Fenster wandte, sah sie, ganz schwach und kaum wahrnehmbar, wenn auch nur für den Bruchteil einer Sekunde – eine Sternschnuppe. Lisbeth atmete auf. «Es geht ihr gut.»

«Was?»

«Ganz sicher, es geht ihr gut.»

Kurze Zeit später erkannte Lisbeth an den ruhigen, regelmäßigen Atemzügen, dass ihre Schwester eingeschlafen war.

Auf nackten Füßen huschte sie hinüber zur Kammer des Vaters. Der kniete vor dem Bett. Seine Lippen murmelten ein Gebet. Lisbeth stellte sich neben ihn und betrachtete ihn von der Seite. In ihrem Herzen spürte sie die Angst, die den Vater bewegte.

«Kannst du nicht schlafen?», fragte er die Tochter, als er das Gebet beendet hatte.

«Kannst *du* nicht schlafen?», fragte Lisbeth zurück.

Der Vater lächelte sie an. «Mir gehen zu viele Gedanken zur gleichen Zeit durch den Kopf», gestand er. Dann senkte er den Blick. «Ich mache mir Sorgen um Mutter.»

«Es geht ihr gut», sagte Lisbeth voller Gewissheit.

«Als du sie verlassen hast, mag sein. Aber wie geht es ihr jetzt? Weißt du, Lisbeth, so eine Geburt ist nicht einfach ...»

«Ich weiß. Wie bei der Wagenmacher Liesl ...»

Schmerzvoll verzog der Vater das Gesicht.

«So wird es bei der Mutti nicht sein», beeilte sich Lisbeth zu versichern. «Ich weiß es.»

«Woher?»

Lisbeth zuckte mit den Schultern. «Ich weiß es einfach.»

Ungläubig schüttelte der Vater den Kopf.

Lisbeth legte ihre Hand auf die Brust. Sie spürte den Schlag ihres Herzens. «Das hier sagt es mir.»

Der Vater nahm ihre Schultern in beide Hände und schaute ihr ernst ins Gesicht. «Ich bin froh, dass du so ein großes Mädchen bist.» Dann musste er pötzlich lachen. «Von Dresden bis nach Zinnwald, ganz allein! Das muss man erst einmal schaffen!»

«Ohne den alten Mann hätte ich es nie geschafft.»

«Wie hast du den bloß gefunden? Er scheint ein gutes Herz zu haben.»

«Oh ja, das hat er», bestätigte Lisbeth. «Auch wenn er es vielleicht selbst nicht weiß.»

Am nächsten Morgen, dem ersten Weihnachtstag, schnürte Vincent Storch in aller Frühe sein Bündel. Eigentlich wollte er sich aus dem Haus schleichen, ohne dass Lisbeth es bemerkte. Doch so leicht war das Mädchen nicht zu übertölpeln. Bevor er über die Schwelle und hinaus auf die winterlichen Wege treten konnte, hing sie am Zipfel seines Mantels.

«Willst du schon gehen, alter Mann?»

Er lächelte Lisbeth an. «Sobald mich wieder einmal jemand ‹alter Mann› nennt – und nicht viele Menschen wagen das», sagte er augenzwinkernd, «werde ich unweigerlich an dich denken müssen.»

Und obwohl es ihm schwerfiel, ging er vor Lisbeth in die Knie, um ihr ins Gesicht schauen zu können. «Vielen Dank, kleine Dame, für alles. Und *alles* war eine ganze Menge.»

Breit grinste Lisbeth ihn an. «Und vielen Dank, großer, alter Mann, für deine Hilfe.»

«Hätte ich dich nicht kennengelernt, ich hätte diesen Satz meinen Lebtag nicht mehr über die Lippen gebracht.»

«Hm», sagte Lisbeth.

Seufzend erhob sich Storch und legte die Hand auf Lisbeths Schulter. «Ich werde fortan einiges anders machen, kleine Dame. Und ich fange heute damit an.»

Lisbeth umarmte ihn heftig. «Ich habe dich lieb, alter Mann. Niemals werde ich dich vergessen. Und unsere Reise auch nicht.»

Storch wollte etwas entgegnen. Doch der Satz blieb ihm in der Kehle stecken. Da wandte er sich ab.

Als Storch sich dem kleinen Gehöft bei Dippoldiswalde näherte, wieherte Trude laut. Vom Hof her erklang Egons Antwort.

Storch hielt mit dem Schlitten vor der alten Scheune. Egon streckte seinen Kopf durch das Guckfenster im Tor. Er begrüßte Trude und Storch mit demselben Schnauben und Prusten, das er Storch entgegenblies, wenn der die Lichter in der Weihnachtsmanufaktur löschte. Da fühlte sich der alte Mann fast schon daheim.

Storch spannte gerade Trude aus, als ihm eine Hand auf die Schulter schlug. Es war der Bauer.

«Na? Haben Sie Ihre Fuhre rechtzeitig abgeliefert?»

Storch überlegte. Dann schüttelte er den Kopf. «Nein. Ich war zu spät. Aber anstatt die Weihnacht nach Zinnwald zu bringen, habe ich sie in mein Herz zurückgeholt.»

Lächelnd sah der Bauer ihn an.

Storch wollte ihm Hilfe anbieten, den Schlitten wieder auf dem

Scheunenboden zu vertäuen, doch der Dörfler winkte ab. «Ich habe genug Kinder, die mir zur Hand gehen können.»

Storch dankte ihm und zog dann elf Goldengel aus Dresdner Pappe aus der Tasche. «Für Ihre Kinder. Passen Sie gut auf sie auf.» Dankbar nahm der Bauer die geprägten Figuren entgegen. Er ließ sie durch seine Finger gleiten und besah sie von allen Seiten. «Sie sind wunderschön.»

Storch nickte. «Wie Ihre Kinder.»

Der Bauer strahlte Storch an. «Etwas ist anders mit Ihnen, das hab ich gleich gesehen. Können Sie mir sagen, was es ist?»

Storch dachte nach. «Ich könnte», sagte er. «Aber es würde zu lange dauern. Ich muss heim. Ich habe auch ein Kind, wissen Sie. Einen Sohn. Einen nur. Ich habe ihn seit Jahren nicht gesehen – seit dem großen Streit.» Er senkte den Kopf. Dann hob er ihn wieder. «Aber ich glaube, jetzt ist es an der Zeit.»

Der Bauer nickte zufrieden. Dann half er Storch, das Fuhrwerk aus der Scheune zu ziehen und die beiden Kaltblüter davorzuspannen. Knirschend fuhren die Räder durch den Schnee, der hier nicht mehr so tief war wie im Gebirge. Und viel matschiger. Das Fuhrwerk rutschte und schlingerte ein wenig. Aber bis Dresden würde es schon gehen. Egon trat noch immer sehr vorsichtig auf, doch Eile hatte Storch jetzt nicht mehr.

Am Morgen des zweiten Weihnachtstages erwachte Vincent Storch im Stroh. Als er die Augen aufschlug, sah er in geblähte Nüstern und spürte das Schnauben auf seinem Gesicht. Schon dachte er, ein Traum habe ihn in das Jesuskind in der Krippe verwandelt, da begriff er, dass es Trudes Nase war. Neben ihr schnaufte Egon zufrieden und malmte Heu. Storch konnte sich nicht erinnern, den Tieren Heu gegeben zu haben. Als er, tief in der Nacht, wieder in der Stadt angekommen war, hatte er gewiss keines mehr in die Raufe gefüllt. Er war zu müde gewesen, ein Bett oder eine Liege zu suchen, und gleich hier im Stroh eingeschlafen. Doch wer hatte die Raufe befüllt?

Im nächsten Moment roch Storch Kaffee. Dann stand Heinrich in der Stalltür, in der Hand einen dampfenden Blechbecher.

«Herr, bin ich froh, dass Sie zurück sind! Wer bricht denn auch bei solchem Wetter ins Gebirge auf?»

Storch wollte schon eine pampige Antwort geben, doch sein Herz fühlte sich wunderbar leicht an. «Was tust du hier so früh am Morgen, Heinrich?», fragte er seinen alten Vorarbeiter.

«Ich schaue nach dem Rechten. Ich habe mich um die Pferde gesorgt.» Heinrich zögerte. «Und auch um Sie habe ich mich gesorgt, Herr.»

«Warum denn?»

Heinrich hob die Hände und ließ sie wieder fallen. «Was weiß denn ich? Sagen Sie es mir, Herr!»

Storch lächelte bloß.

Entgeistert starrte Heinrich ihn an. Lange hatte er seinen Herrn nicht lächeln gesehen. Immer noch hielt er ihm den Becher hin. Schließlich ergriff Storch ihn, blies den Dampf fort und nahm einen Schluck.

«Danke!»

Heinrich betrachtete seinen Herrn, während der erst vorsichtig den Kaffee kostete und dann, mit sichtbarem Genuss, einen Schluck nach dem anderen schlürfte.

«Was ist passiert, dort oben im Gebirge?», fragte Heinrich schließlich mit gerunzelter Stirn.

Storch hob den Kopf und sah ihm geradewegs ins Gesicht. In seinen Augen strahlte die Wärme, die er von dort oben mitgebracht hatte. Dann antwortete er: «Nichts weiter, Heinrich. Nur ein Wunder.»

# Dank

Welche, wenn nicht die Weihnachtszeit, wäre besser geeignet, Dank zu sagen?

Ich danke Ulrike Beck, die die «Dresdner Pappen» entdeckt und Gottfried Pfeiffer junior, der sie mir erfahrbar gemacht hat. Ihm gebührt das Verdienst, Vincent Storchs Maschinen bis heute zu pflegen und einzusetzen.

Ich danke Katharina Schlott, die das Werden dieses Buches auf allen Stufen der Entwicklung wohlwollend begleitet und befördert hat.

Ich danke Falk Schober in Grumbach, der den alten Schlitten von seinem Scheunenboden schweben ließ, und auch Dana Runge, die mir die Dresdner Pferdetram vor Augen führte.

Ich danke meiner langjährigen Lektorin Johanna Schwering für das sorgfältige Lesen und Abwägen, für das Worte-Abschmecken und Ideen-Nachdenken, und nicht zuletzt das fruchtbare Ringen um die beste äußere Form für diese Geschichte.

Vor allem aber danke ich Josefine Gottwald, meiner Lebens- und Leidensgefährtin im Schreiben, für die unzähligen Anregungen, Gespräche und Gedanken, kurz gesagt für die liebevolle Anteilnahme, mit der sie dieses Buch tagtäglich begleitet und bereichert hat.

*Ralf Günther*     Bad Gottleuba am Muttertag 2019

# Der Autor

Ralf Günther wurde 1967 in Köln geboren. Als Drehbuchautor entwickelte er Kinderserien fürs Fernsehen. Sein Romandebüt «Der Leibarzt» wurde ein Bestseller. Es folgten u. a. «Das Weihnachtsmarktwunder», «Die Badende von Moritzburg» und «Als Bach nach Dresden kam». Ralf Günther lebt heute in der Nähe seiner Wahlheimat Dresden. Neben dem Schreiben betreut er psychisch belastete Kinder und Jugendliche in einer Reha-Klinik.

Foto: © HL Boehme

## Die Illustratorin

Andrea Offermann wurde 1980 in Köln geboren. Sie studierte Illustration am Art Center College of Design in Los Angeles. Nach ihrem Abschluss 2005 kehrte sie nach Deutschland zurück und arbeitet seitdem im Kunst-, Comic- und Illustrationsbereich. Sie lebt mit ihrem Mann und ihren beiden Töchtern in Hamburg.

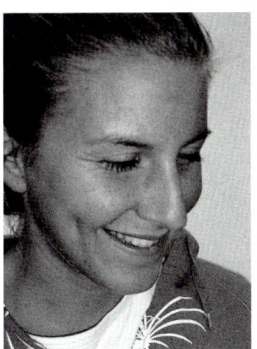

Foto: © privat

Das für dieses Buch verwendete Papier ist FSC®-zertifiziert.